幽霊になった侯爵夫人の最後の七日間

Character
アシェル・ロンド
冷淡さで有名な侯爵。
嫁いできたナターニアにも
冷たく接していると
思われていたが……。
ナターニア・ロンド
若くして亡くなり幽霊に。
おっとりとした雰囲気だが、
意外と図太く頼もしい性格。
アシェルのことが大好き。
お猫さま
幽霊になったナターニアの
前に現れた黒い子猫。
天然なナターニアに
鋭いツッコミを入れる。

フリティ公爵
ナターニアの父。
フリティ公爵夫人
ナターニアの母。
マヤ・ケルヴィン
自信過剰で横暴な男爵令嬢。
性格が悪くナターニアをバカにするが、
本人からは嫌われていない。
スーザン
ナターニアの侍女。生真面目な性格。
幼い頃からナターニアの世話を
しており、一番信頼されている。

幽霊になった侯爵夫人の最後の七日間

0日目

０日目

『――ナターニア。君は死んでしまったんだ』


目の前に、一匹の子猫がふよふよと浮かんでいる。

丸みのある顔はとても小さくて、青色の目はアーモンドの形をしていて。

黒い毛はもふもふ、もふもふーと豊かに生え揃っている。

きっと柔らかくて、とてつもなく手触りがいいに違いない。

一目見て、触ってみたい……と思ったナターニアは、ごくりと唾《つば》を呑む。

今まで、動物に触れたことはほとんどなかった。近くで見たのも数えるほどだ。そんなナターニアにとって、これは大きなチャンスであった。

精いっぱいの勇気を出して、手を伸ばしてみる。

心の中でどうか逃げないでと祈りながら、そぅっと、そぅっと。

(……あら?)

けれど、うまくいかない。

右手と左手。どちらを動かそうとしても、だめだった。

（あら？）

その理由を考える前に、子猫が口を開いた。

口の間から、鋭い牙が覗《のぞ》く。

『よく聞いて、ナターニア。君はね、死んでしまったんだよ』

そう繰り返すのは幼い少年のように、可愛らしい声。

そこでようやくナターニアは、この声を発しているのが目の前の子猫なのだと気がついた。

舌っ足らずに喋《しゃべ》りかけてきたのは、姿を見せていない誰かではなく子猫自身。

（人の言葉を喋る猫さまが、いらっしゃるなんて）

世界は広いのだ、としみじみと思う。生まれてこの方、一度も旅行をしたことがないけれど、きっとこの世界中にナターニアの知らない多くの神秘が眠っているのだろう。

ただ、言葉を操り、何もないところに腰かけるようにして佇《たたず》む猫は、おそらく一般的な猫ではない。猫の生態に詳しくないナターニアでも、それくらいのことは分かる。

ナターニアは咳払いで喉の調子を整えてから、返事をしてみる。

「まぁ、さようでございましたか」

手が動かせずとも、どこかにある唇は動かせたものだから、ナターニアはほっと胸を撫で下ろした。そもそも死んだということは、手だけでなく胸もないかもしれないが。

『ショックなのは分かる。でも気力を奮い立たせて、現実を直視してほ……えっ⁉』

子猫が大袈裟《おおげさ》に仰《の》け反る。

よっぽど驚いたのか、瞳孔が大きく開いている。

「もちろん驚きはしましたが、生まれつき身体が弱いものですから覚悟はしておりました」

『そ、それだけかい？』

むしろ、今までよく持ったほうだといえる。

（お医者様は、成人を迎えることはできないだろうとおっしゃっていましたし）

エルフの秘薬があれば、いつまでも健康に長生きできたでしょうに――そんな決まり文句を、耳にたこができるくらい聞いてきた。

万能の薬はおとぎ話だけの代物《しろもの》。もしそんなものが実在したならば助かっただろうと、途方に暮れたような顔で何度も言われるほどに、ナターニアは病弱で虚弱な体質だった。

しかしナターニアは昨年成人を迎え、十七歳まで生きられた。

医者も投げた匙《さじ》を一度だけ拾ってしまう程度には、びっくりの奇跡と幸運に恵まれたのだ。

「それにいつか人の命は尽きるもの。わたくしの場合は、それがちょっぴり早かっただけかと」

落ち着き払ったナターニアを前に、子猫は驚いたようだ。ヒゲと尻尾《しっぽ》がぴーんと上を向いて張っている。

『えぇえ……それはさすがに、あっさりしすぎだろう？　泣いたりとか、叫んだりとか、そういうのないの？』

「わたくし、侯爵夫人ですもの。そのように感情を露《あら》わにして、取り乱したりはしませんわ」

えへん、と胸を張ろうとして――やっぱり身体が見つからなくて、ナターニアは苦笑する。

おかしなものだ。今、動かしている唇の感覚もどこにもないのだから。

(そういえば、こんなにたくさん喋って息が上がらないのも初めてです)

死んだということは、今のナターニアは魂だけの状態なのだろうか。身体がないから、息が苦しくなったりもしないのだろうか?

「……そもそも、ここはどこなのでしょう?」

はて、とナターニアは首を傾《かし》げる。無論、傾げるための首だってどこにもないけれど。

目の前には、見渡す限り白いだけの空間が延々と続いていた。なんだか寂しい場所だ、と思ったが口には出さない。

『ここは地上じゃない。後悔を持って死んだ人間が迷い込んでしまう場所だよ』

子猫がぺろぺろと前足を舐《な》めながら教えてくれる。自分を落ち着かせようとしているようだ。

「まぁ、ご親切にありがとうございます」

分かりやすい説明だ。お礼を口にしつつ、子猫を撫でくり回して存分に愛《め》でたいという欲求に駆られるが、相変わらず手が見つからないのが歯痒《はがゆ》いナターニアである。

「では、あなたは神さまなのですか?」

ナターニアの生まれた家は、美と健康の女神イザヴェラの信者一族である。

両親は生まれつき病弱であったナターニアを哀れみ、十七年前、まさに彼女が生まれた日にイザヴェラ教徒になったのだ。

だからナターニアも、敬虔《けいけん》深くイザヴェラ神を崇める信者のひとりということになっている。

しかし神に祈ったところで、身体を苛《さいな》む苦痛は消えないし、寿命だって延びたりしない。それを十七年ぽっちの人生で、ナターニアは誰よりも深く理解している。

(そんな形ばかりの信者に、イザヴェラ神が慈悲を与えてくださるとは思えないけれど)

グルーミングを終えた子猫が、小さな声で答えた。

『……神ではないよ』

「では、天使さま?」

『天使とも厳密には違うんだけど……うーん、なんて言ったらいいかなぁ』

子猫は口元をもにゅもにゅと動かしている。

神でもなく天使でもない、宙に浮く子猫を前にして、ナターニアは質問を変えてみる。

「では、お名前はなんとおっしゃるのですか?」

『その、名前もないんだよねぇ』

子猫が困り果てた様子だったので、ナターニアは両手を合わせる。

やっぱり、手は見つからないままなのだが。

「なら、わたくしはあなたをお猫さまと呼ばせていただきますわ」

子猫──お猫さまは答えなかったが、ナターニアの真意を推し量るように目を細めている。

その硝子《ガラス》玉のような美しい瞳を、じぃっと真っ向から見つめ返してみるが、その中にはどんなに探してもナターニアの姿は映しだされていなかった。

『ナターニアは、本当に……すごく落ち着いてるね』

「そう、でしょうか？」

『そうだよ。とても十七歳の若さで死んだとは思えない』

「うふふ。褒めていただいて光栄です」

『まったく褒めてはいないけど……違うなこれ。落ち着いてるんじゃなくて、この子、アホっぽい……』

「え？　なんでしょう？」

最後だけ、小声すぎてよく聞き取れなかった。

お猫さまがゆっくりと首を横に振る。

『なんでもないよ。それよりナターニア、君の望みはなんだい？』

ぱちくりと瞳をしばたたかせるナターニア。

今さら言うまでもなく両目も見つからないが、それはそれとして。

『言っただろう？　ここに来る人間には後悔があるんだ。ぼくはその後悔を消すために、君に付き合ってあげるのさ』

「あらまぁ！　まぁまぁ！　そうなのですか？」

なんて素敵な話なのかとナターニアは感激した。

まるで子どもに読み聞かせる、優しげな絵本か何かのような展開である。そんな幸運に恵まれたからには、ありがたくこの機会を利用させてもらう所存だ。

もじもじしながらナターニアは口を開く。

「……実はひとつ、思い残したことがありますの」

呟《つぶや》くと、お猫さまはそうだろうというように頷《うなず》いた。可愛らしい猫の姿形をしているのに、その表情は老成しているようでもあった。

ナターニアが何を言いだすのか、すでに予想しているように。

『なんだい？　なんでもいいから、言ってごらん』

促されたナターニアは、意気揚々と伝える。

「旦那さまに、幸せになってほしいです！」

人生に思い残しがあるとしたら、そのひとつだけ。

そう意気込んで伝えたつもりが、お猫さまの反応は芳《かんば》しくない。

『えっと……それって、どういうこと？』

あまりに漠然としすぎていたらしい。

どうやら、願いはもっと具体的に言わなければならないようだ。ナターニアは大慌てになりながら、一生懸命に頭を回転させた。

「ええっとですね、つまりその——そう！」

悩んだ末に、ナターニアは願いを口にする。

「わたくし、旦那さまに再婚してほしいのです！」

1日目

1日目

お猫さまがふわふわと、宙を漂っている。

脳天気に逆さまになって毛繕いをしていたお猫さまは、ナターニアの視線に気づいてか口を開いた。

『気分はどう？』

ナターニアは、そんなお猫さまを見上げたままこくりと頷く。

「大変、良好ですわ」

首を動かすと、結《ゆ》っていない髪の毛が肩にこぼれる。それだけのことを、ナターニアはひどく嬉しく感じてしまう。

（やっぱり身体があるとないとでは、大違いですね）

手を振れて、足が動かせる。口角を上げられるし、こぼれた髪を耳にかけることもできる。あの白いだけの空間では奪われていた身体の感覚が戻ってきたことに、ナターニアは感動を覚えていた。

それに、ちっとも呼吸が苦しくないのだ。死んでしまった今となっては、焼けつくような全身の痛みや、掻《か》き毟《むし》りたくなるほどの胸の苦しみとは無縁でいられるのだろう。

光を透かすピンクブロンドの髪が、ふわりと揺れる。

きらきらと輝くブルーサファイアの瞳に、色白の肌。凹凸《おうとつ》の少ない痩せた身体も、間違いなくナターニア本人のものだ。

あのままでは不便だろうと、お猫さまはナターニアを生前の姿に戻してくれた。

ただし以前と違うのは、ナターニアの身体が透けているということ。手のひらを見つめれば、その下の石畳の路《みち》まで見透かすことができる。

開いた手の角度を何度も変えながら、手のひら越しに景色を物珍しげに見つめるナターニア。そんな彼女を見下ろして、お猫さまは溜め息を吐《つ》く。

『外見だけなら、君こそ天使のように美しいね』

「まぁ、ありがとうございます。お猫さまもとてもお可愛らしいですわ」

『……はぁ』

ナターニアはにこにこしながら本心を伝えるが、お猫さまはますます呆れた様子だ。

――侯爵夫人ナターニア・ロンド。

彼女は一年前まで、公爵令嬢ナターニア・フリティと呼ばれていた。

(そして死んでしまったわたくしは、ただのナターニア)

身体が身軽なのは、もしかしてそのせいなのだろうか。幽霊は、それこそすべての重圧から解放されている。

『それじゃ、行こうか』

「はいっ」

宙を優雅に進むお猫さまに続いて、ナターニアは歩きだす。

ナターニアの生前の後悔を解消するためにと、お猫さまは地上にナターニアを連れてきてくれた。

ちなみに先ほどの空間から、どういう原理で地上に戻ってきたのか――お猫さまは仕組みについて説明してくれたが、ナターニアには何度聞いてもうまく理解できなかった。

ひとつだけ分かっているのは、今から心残りである人に再会できるらしいということだけ。

「うふふ、うふふふ……！」

それを考えるとナターニアは嬉しくて堪《たま》らなくなり、足取りまでうきうきと弾んでしまう。

だがその隣には、ふよふよと浮かぶ黒猫の姿がある。うふふふしていたナターニアは、自分とお猫さまとを見比べる。

具体的には、スカートから伸びる自分の足と、黒くしなやかな四本足とを。

「お猫さま。お猫さまのように、わたくしは身体を宙に浮かせられないのでしょうか？」

『もう少ししたら、自然と浮いてくるんじゃないかなぁ』

「自然と浮いてくる……そういうものなのですね！」

『テキトーだけど』

「ああ、早く浮いてみたいです！」

お猫さまのぼそっとした一言は、宙に浮くより早く浮かれているナターニアの耳には入っていな

い。

『ナターニア。なんか、わくわくしてる？』

「はい、もちろん！」

せっかく幽霊になったのだから、ナターニアだって空を泳いでみたい。それは幼い頃から、ベッドに横たわっていたナターニアが夢想したことでもある。

もし自由に空が飛べたら、どこへだって行ける。何かに囚われることなく、生きることができるはずだと思っていたから。

（自然と浮いてくる日が、楽しみです！）

納得したナターニアは、生きていた頃と同じように石畳を踏んでいく。

――否《いな》。

正しくはナターニアが生前こんな風に、侯爵家の庭を散策したことはほとんどない。

庭師が丹精込めて世話をしている美しい庭園を、ナターニアは窓の向こうに見つめるばかりで、その中に自分が入って散歩することはできなかったし、馨《かぐわ》しい花の香りを嗅ぐことすら許されなかった。

だから死んでしまった今、こんな形で願いが叶っているのをナターニアは不思議に思うし、幸せだと感じている。

胸いっぱいに吸い込む花々の香りが、全身に染み渡っていく。

『ナターニア、分かっているね。期限は今日を入れて七日間……それが、君に与えられた猶予《ゆうよ》だからね』

前を進むお猫さまが、振り返らずに念押しする。

「はい、お猫さま」

ナターニアは笑顔で頷く。この話は、何回もお猫さまから聞かされていた。

時は少々遡《さかのぼ》る。

「わたくし、旦那さまに再婚してほしいのです！」

そう言い放ったナターニアを前にして、お猫さまはしばらく唖然としていた。

ぽかんと開かれた口の端から、ちらりと白い牙が覗いている。

（ううっ、爪の先でかしかしと擦ってさしあげたいわ……！）

きゅん、とナターニアが胸をときめかせていることを、お猫さまは知る由《よし》もない。

『……えぇっと。旦那と離婚したいって？』

どういう聞き間違いだろうか。

「違います。旦那さまに恋をしてほしいのです。もちろん、わたくし以外の人と」

死んだ人間とは恋も再婚もできないので、付け加えずとも当然のことだが。

お猫さまは、そんなナターニアの言葉に眉間《みけん》をぎゅっとしている。

見れば、全身の毛まで逆立っているようだ。どうしてだろう、とナターニアは首を傾げる。

『そんなの、君が気にするようなことじゃないよ』

「いいえ。だってわたくし、あの方の妻ですもの！」

（死んじゃいましたから、正しくは元妻！　ですけれども！）

とか思いつつ、毅然と胸を張るナターニア。身体はどこにも見当たらずとも、そういうポージングを取れているつもりである。

「旦那さまのお考えは分かっています。わたくしがいなくなり、きっと今後は妻を娶《めと》らないおつもりでしょう。でも人生は長いのです、ひとりで過ごすなんてもったいないですわ」

『………』

「わたくしのせいで消費されてしまったあの方の人生を、輝かせることができる……そんなお相手を見つけられたら、わたくしも安心して空の国に旅立つことができると思うのです」

ナターニアはお猫さま相手に、熱心に思いを語る。

お猫さまにも本気度が伝わったのか、やがて渋々とではあるが返事があった。

『……分かった。付き合うよ』

「えっ！　まさかお猫さまも再婚相手探しを手伝ってくださるのですか？」

『手伝うわけじゃない、ぼくは君を見張るだけ。目を離して、悪霊にでもなったら困るからさ』

どうやらナターニアは、場合によっては悪霊になってしまうらしい。ならばお目付役にお猫さまがついてくれるのは、何よりもありがたい。

きっとナターニアはいつまでも、残してきた人たちを心配して地上に留まろうとしてしまうから。

（旦那さまに、死後もご迷惑をかけたりしたくありませんから）

与えられた期間はたったの七日間。

されどナターニアにとってかけがえのない七日間が、始まる。


正門の先にある庭園を抜けると、侯爵家の邸宅前へと到着する。

ロンド侯爵家の屋敷は、広大な森を見守るように置かれている。辺境に大規模な領地を持ち、森を越えた先にある国境付近を守る家門である。

隣国との友好条約が結ばれたことから、国境騎士団の規模は年々縮小されているのだが、侯爵家が要所を守る重要な存在であることに変わりはない。

格式高い煉瓦《れんが》造りの侯爵邸は、ナターニアが一年間という時間を過ごした場所でもある。思いも新たに見上げると、感慨深い気持ちになる。

「わたくしが初めてここに来た日も、今日のように空は晴れ晴れしかったです」

『初めてここに来た日？』

「はい。結婚式の日です」

一年前の春の日。

よく澄んだ空気。愛らしい小鳥の声と、揺れる緑の豊かさ。田舎だとしか聞いていなかった辺境の美しさに、ナターニアの心は弾んでいた。

雲ひとつない空には、数羽の白い鳥が羽ばたいていた。二人の婚姻が祝福されているようだと、嬉しく思ったのを昨日のことのように覚えている。

ナターニアは笑顔で、それを指さす。

「見てください、お猫さま。あそこに白い尖塔《せんとう》が見えるでしょう？」

『うん。あれは？』

「あちらは礼拝堂ですわ」

邸宅の向こうに設置された、小さな礼拝堂である。

礼拝堂はナターニアが嫁入りする際に、彼女の夫となる人が新しく建設してくれたものだ。

王都や町中の大きな教会で式を挙げようにも、ナターニアは絶望的に体力がない。だから彼は妻のために、こうして家の傍《そば》で式が行えるよう準備を整えてくれたのだ。

だが彼のそんな配慮すら、病弱なナターニアは無下《むげ》にした。

式のあと、侯爵邸のダンスホールで行われた披露宴のことである。疲労困憊《こんぱい》に陥って熱を出したナターニアは、その場に顔を出すこともできなかったのだ。

隣に新婦のいない新郎を、嘲笑《あざわら》ったり同情する声もあったことだろう。それなのに彼はナターニアを、不甲斐ない、恥ずかしいと責めたりすることもなかった。

「旦那さまは本当に、本当に、お優しい方でした……」

笑みを浮かべて、大切な思い出を振り返る。彼に嫁げたことは、ナターニアにとってこの上なく幸せなことだった。

そんなナターニアの過去の話を、お猫さまはしばらく黙って聞いていたが。

『あ、見てナターニア』

ふと、お猫さまがナターニアを呼ぶ。

礼拝堂から視線を戻したナターニアは、そこで目を見開いた。

両開きの玄関ドアが大きく開いている。そこから姿を見せたのは、従者を連れた屋敷の主だった。

艶めいた黒髪に、長い前髪の間から覗く切れ長の赤い瞳。引き締まった体躯は、オーダーメイドの裾の長いコートが包んでいる。

目鼻立ちが人並み外れて整っており、どこか彫刻めいた印象を与えるが、ときどきの瞬きが、彼は間違いなく人間であると他者に認識させる。

アシェル・ロンド。

記憶にあるよりもどこか痩せて見えるが、見間違うことはない。

まさに自身の夫であるその人を前にして、ナターニアが口にしたのは——。

「か………かっこいいっ！」

きゅんきゅんきゅーん、と高鳴る胸を、ナターニアは服の上から押さえる。

（あまりにも、あまりにもあまりにもかっこいいです旦那さまっ！）

アシェルという人の、生まれながらの貴族らしい高貴さがにじむ美貌。長い手足。洗練された立ち振る舞い。物憂げに頭上を見やる視線ひとつにさえ、ナターニアはめまいを覚えてしまう。ときめきのあまり。

……しかしそこで。

はてとナターニアは小首を傾げた。

「今、かっこいいと甲高く叫んだのはどなたでしょう？」

『君以外に誰がいるのさ』

半目のお猫さまに呟かれ、ナターニアははっとして喉に触れる。

よくよく考えると、確かに先ほど叫んだ声は自分の声音《こわね》と似ている気がしたのだ。

「そんな！　いいえっ、いいえありえません！」

『ど、どうしたの急に』

「だってお猫さま、おかしいのです。こんなに大声を出しても咳が出ない。興奮しているのに身体のどこも痛くないだなんて！　これは大変なこと、異常な事態なのです！」

『ちょ、ちょっと落ち着いて。どんどん声が大きくなってるから』

こんなことは、物心ついてから初めてのこと。

だが現実だ。確かにナターニアは今、自分の口を使って喋っているのだから。

「ああっ、死んでいるって無敵なのですね！　今ならなんでもできる気がします！」

『いろいろおかしいこと言ってるんだけど⁉』

「ちょっとわたくし、庭を駆け回ってまいります！　お猫さま、止めないでくださいましね！」

『と、止めないけど――ああもうっ、転ばないようにね⁉』

心配するお猫さまの声を背に受けて、ぴゅーん、と風のように石畳を走り抜けるナターニア。

景色がすごい速度で流れていく。咲き誇る花々、庭園の間を流れる細い小川……。

実際はあんよがじょうず並みの速さだったのだが、ナターニアにとっては風になったも同然だ。

（なんということでしょうっ。このわたくしが、こんな風に走れるだなんて……！）

頬を紅潮させながら、足をがむしゃらに動かす。両手で長いスカートの裾を持ち上げて、どこまでも自由に。

生まれてからずっと、こんな風に息せき切って走る日を夢見ていた。

日射しの下を、なんにも囚われることなく駆けてみたいと。

「ああもう、すごいっ、すごいです……！」

興奮しすぎて、感動しすぎて、もう、うまく言葉にまとまらない。

ぱたぱたぱた、とスカートをはためかせながら、邸宅の外周を回ってきたナターニアは玄関前へと戻ってくる。

「お待たせいたしましたっ、お猫さま！」

真っ赤な頬を押さえ、はぁはぁと息を荒らげながらも、ナターニアはにまにまと隠しきれない喜びに口元を緩《ゆる》ませる。

肩で息をする彼女のことを、お猫さまは呆れたような、それでいてどこか温かい眼差しで見つめていた。

「お猫さま。わたくし感激いたしました。このご恩をどうお返ししたらいいのか……！」

目を潤ませるナターニアに、お猫さまはふるふると首を横に振る。

『いや。返さなくて平気だから』

「お猫さまは欲のないお方なのですね」

（わたくしは旦那さまの再婚を応援したい、なんて言ってしまったのに）

そんなナターニアに力を貸してくれて、七日間も付き合ってくれるというお猫さまは聖人か何かだろうか？　ナターニアは本気でそんなことを考える。

『って、遊んでる間にアシェルが出発しそうだけど』

「ほ、本当です！」

いつの間にやら屋根つきポーチに、立派な二頭立ての馬車が停まっている。我に返ったナターニアは慌てて低木の陰に隠れつつ、目を皿にしてアシェルの一挙一動を見守ることにした。

アシェルはやはりどこまでもかっこいい。かっこいいのだが、そこでナターニアは気がつく。

「旦那さま……左腕に、お怪我を？」

頼りなく揺れている左の袖。

それは左手をギプスで固定して吊っているからだ。そのせいか、アシェルは馬車に乗り込むのに少し手間取っている。

（あの怪我、どうされたのかしら？）

ナターニアが亡くなる前日は、特に怪我をしていた覚えはないが……。

（それに、やっぱり少し痩せられた？）

二つの疑問を抱きながらも、ナターニアは進み出ると深く頭を下げる。

「行ってらっしゃいませ、旦那さま」

アシェルはナターニアに見向きもしなかった。

出発した馬車はゆっくりと遠ざかっていき、やがて見えなくなってしまった。

『君の声、聞こえてないよ。姿だって見えてない』

振り返ると、お猫さまはどこか気遣わしげな表情をしている。

黒猫だから表情が分かりにくいかと思いきや、お猫さまの顔は意外に雄弁だとナターニアは思う。

『だから、その……返事がないからってショックを受けることはないからね』

「いえいえ、気にしていませんわ」

『そうなの？　どうして？』

「お見送りをお許しいただいたのは、初めてですもの。むしろ嬉しくて仕方ないくらいです！」

お猫さまが口を噤《つぐ》む。

（いえ、許されたのではなく、今回は勝手にお見送りしただけですがっ）

だとしても嬉しいのだ。これもまたナターニアの後悔だった。

仕事に向かう夫を見送るのは、妻の役割のひとつ。それを果たせない自分を、ずっと情けなく思っていたから。

『そう、なんだ』

暗い顔で呟くお猫さまの声は、はしゃぐナターニアには届かなかった。

気を取り直すように、お猫さまは溜め息を吐くと。

『それにしても妻が夭折《ようせつ》して数日だっていうのに、もう領地の視察に出ていくとは……とんだ冷血漢もいたもんだ』

「お猫さま、難しい言葉をたくさんご存じなのですね」

『まぁね～』

気のない風を装いつつ、褒められたお猫さまはちょっと嬉しそうだ。

『あと補足しておくと、君が生きている人に触れたり、逆に誰かが君に触れることもできないからね』

アシェルや従者、御者たちは一度もこちらを見なかったから、そうだろうとは思っていた。

それに死んだ妻がわーわー言いながら庭を駆けていたら、さすがにあのアシェルも顔を引きつらせていたのではなかろうか。

(それはちょっと、見てみたいかもしれません)

引きつったアシェルだって、きっとかっこいい。思い浮かべて、ナターニアはくすりと微笑んだのだが、そこで重要なことに思い当たった。

「そうでした！　大変ですお猫さま！」

『声が大きーい！』

無駄に声を張り上げるナターニアに、お猫さまがヒゲをひくひくさせている。お猫さまの声のほうが大きいので、余計ひくひくしている。

「ごめんなさいお猫さまっ、嬉しくてつい。……ええと、それでですね。旦那さまがわたくしの姿を見られず、声も聞けないとなりますと、わたくしはどうやって旦那さまの再婚を応援すればいいのでしょう？」

地上で生活する様子を見守ることしかできないとなると、アシェルの再婚のために打てる手がないということになるが。

『うん、それを説明しようと思ってたんだけどね。——ひとりだけ、このルールに例外を作ることができるんだよ』

満を持《じ》して発されたという具合のお猫さまの言葉に、ナターニアはごくりと息を呑んだ。

「例外、ですか?」

『そう。たったひとりだけ、君の願いを叶えるための助っ人を選ぶことができる。その人物には君の声が届くよ。ただし、君の後悔と直結するあの男だけはだめなんだけどね』

一瞬、ナターニアは落胆を覚えて、そんな自分を嫌悪する。

(いやだわ、わたくしったら)

心のどこかで、アシェルと会話ができると……ナターニアがここにいることをアシェルに知ってもらえると、そんな期待をしていたのだろうか?

だとしたら、そんな未練は一刻も早く捨てるべきだ。

(こうしてもう一度、旦那さまの御姿を見られただけでありがたいもの)

お猫さまはたくさんの奇跡をプレゼントしてくれたが、限界はあるのだ。

死んでしまった身で、多くを望みすぎてはいけない。開放的な気分になったからと、自分を律することを忘れてはいけない。

ナターニアにとって、それは難しいことではないのだから。

気を取り直すように、明るい笑みを浮かべてみせる。

『それじゃあ君の後悔を解消するために、最も役立つ人物を指定してもら』

「では侍女のスーザンでお願いいたします」

『早いよ！　熟考っていう言葉を知らないのかなー!?』

お猫さまは怒鳴る声も可愛らしい。

そんなお猫さまの声が自分にしか聞こえないのが、少し残念だとナターニアは思った。


アシェルを見送ったナターニアとお猫さまが、次に向かうのは屋敷の中だ。

しかしドアはとっくに固く閉ざされている。

「ノックしてみましょうか」

人を呼ぼうと軽く拳《こぶし》を握るナターニアに、お猫さまは首を振る。

『無理だよ。君は物に触ったりもできないからね』

「あら、そうなのですね」

新聞の片隅に載るような些細《ささい》なポルターガイストは、ナターニアには起こせないようだ。

「ではお猫さま、空いている窓を探して侵入しましょう」

『君、病弱な侯爵夫人だったんだよね？』

「使用人のあとを尾《つ》けてこっそり裏口からお邪魔を」

『盗賊みたいなこと言いだしちゃった！　もうっ、ぼくがやってみせるから後ろで見てて！』

と言いながら、お猫さまがふよふよとドアに向かう。

ナターニアは危ない、と手を伸ばそうとした。このままではお猫さまの丸い頭が、ドアにぶつかってしまう――。

と思った瞬間、お猫さまの身体がドアをすり抜けていた。

驚きのあまり、ナターニアは口元を両手で覆う。お猫さまは外と邸宅内を何度も行き来しながら得意げに言う。

『ほら、こんな感じ』

「すっ、すごいです……！」

『君にもできるから、やってみて』

「は、はいっ」

衝撃を受けつつナターニアは、自分もドアの前に立って挑戦する。

ドキドキしながら手を伸ばすと、その手はなんでもないようにドアを通過してしまう。身体が透き通っているから、ドアや壁は難なくすり抜けることができるようだ。

感動したナターニアは、試しに前傾姿勢になってみる。

「お猫さま！　見てみて、こうするとわたくしの頭がドアに生《は》えたかのよう！」

『だいぶ怖いんだけど！　こっち見ないで！』

「腕と足だけのオブジェはいかがでしょう？」

『君、病弱な侯爵夫人だったんだよね!?』

そんな一悶着《ひともんちゃく》もあったが、難なく邸宅内に進入することができた。

もともと自分が住んでいた邸宅を、ナターニアはきょろきょろと見回す。

「わたくしが暮らしていた頃と、あまり変わりありませんね」

分かりやすい変化は、廊下に置いてある花瓶の中身が取り替えられたことくらいか。ナターニアが最後に見たときはストックが飾られていたが、今はピンク色のアネモネに変わっている。

だが数日もすれば花は替えるだろうし、大きな変化とはいえない。

『ナターニアが亡くなったのが、四月十三日。今日は、同じ月の二十七日だよ』

特に隠すことでもないようで、お猫さまがさらりと教えてくれる。

「それですと、ちょうど二週間ほど経っているのですね」

では、とっくに遺体は埋葬されているだろう。すぐ近くの墓所に、ナターニアの身体は眠っているはずだ。

(さて、スーザンはどこかしら?)

協力者としてナターニアが選んだのが、侍女のスーザンである。むしろ彼女以外に、思いつく人物はいなかったといえる。

ナターニアの両親はとても優しい人たちだったが、今は遠く離れた王都に住んでいる。それに虚空から娘の声が聞こえてきたら仰天して、心を病んでしまうかもしれない。

冷静沈着なスーザンなら、そんな心配はないだろう。ひどく驚くだろうが、きっと快く協力してくれるはず。そんな風にナターニアは彼女のことを信頼していた。

三十歳のスーザンは、ナターニアが子どもの頃から面倒を見てくれていた侍女だ。スーザンの家系は薬草の扱いに長《た》けていて、ナターニアのために両親が雇い入れたという経緯がある。ナターニアにとっては、スーザンの作る薬も重宝すべきものだが、それ以上に彼女の人柄を好んでいる。

侯爵家に嫁ぐときも、スーザンだけは連れていきたいと両親に嘆願したのだが、スーザンは最初からついていく気満々で、ナターニアが何か言う前から手早く荷物をまとめていたものだった。

（スーザンはいつも、わたくしの傍についていてくれたけれど）

スーザンの主な役割は、ナターニアの身の回りの世話と薬の調合だった。

これはナターニアが実家にいた頃から変わらない。アシェルや他の使用人たちも納得して、スーザンにすべて任せてくれていたのだ。

しかしナターニア亡き今、スーザンはどうしているのだろう。他の使用人と同じように働いているのだろうか？

（本当はわたくしが、自分の死んだあとについていろいろ決めておかないといけなかったのに……）

人知れず、ナターニアはしゅんと項垂《うなだ》れる。

遺言のひとつも残さずこの世を去ったのはナターニアの落ち度だ。本来であれば、スーザンの今後について采配を振るっておくべきだった。

数年前に一度、遺書を書いたことはあったが、スーザンに見つかって大目玉を喰らい、しかも最終的に泣かせてしまったという苦い思い出がある。あれからというもの、スーザンから隠れてそういった文書を残すことは難しくなった。

「お猫さま。とりあえずわたくしの部屋に行ってみてもいいでしょうか?」

『もちろん。ぼくはついていくだけさ』

浮かんでいたお猫さまが器用に方向転換して、ナターニアの後ろに続く。

一階の角部屋がナターニアの自室に当たる。貴族の邸宅では、家主や家族の部屋は上階にあるのが一般的だが、病弱なナターニアが行き来に苦労しないようにと特別に配慮してもらったのだ。

(旦那さまは、本当にお優しいです)

彼の気遣いをそこかしこに感じながら、ナターニアは部屋の前に到着する。

深呼吸をするが、ノックする必要はない。ここはナターニアの部屋だったし、第一、今のナターニアではドアに触れることはできないからだ。

それでもどこか緊張しながら、ドアをすり抜けて部屋へと入る。

広々とした部屋だ。南側の窓はカーテンが閉められているけれど、日中は暖かな日が射し、美しい庭が望めるようになっている。

目に優しいクリーム色の壁紙に、敷き詰められた同色の絨毯《じゅうたん》は毛足が長い。花瓶には青いアネモネが生けられている。本棚には分厚い本が並んでおり、部屋の主が読書家であるのが窺える。

その中でも、一際目を引くのは大きなベッドだろうか。体力のないナターニアだから、寝室は別に用意されていない。室内ドアの先にはそれぞれドレッシングルームとドローイングルームがあるけれど、ナターニアがそちらに足を運んだことは数えるほどだ。

だからこの部屋こそが、ナターニアが一年間の大半を過ごしてきた場所だ。

しかしそこには、床に蹲《うずくま》るようにして嗚咽《おえつ》を漏らす人がいた。

お猫さまは一目見てびっくりしたのだろう。困惑した様子だが、ナターニアは何も言えずにそんな女性の姿を見下ろしていた。

赤茶色の髪の持ち主を、ナターニアが見間違えるはずもない。それでも、驚かずにいられなかった。

（…………スーザン？）

まさか、という思いが胸に込み上げる。

付き合いの長いナターニアの前では、スーザンはいつも明るかった。

ナターニアの体調が悪いときは大丈夫だと励ましてくれた。身体の痛みがひどくて寝つけない夜は、手を握って温めてくれた。

そんな彼女の優しさと献身に、どれほど救われてきたことだろう。

だから目の前の光景が、なかなか信じられなかった。

「スーザン、泣いているの?」

口を突いて出た問いに、果たして反応があった。

びくりっ、とスーザンの肩が揺れる。

おずおずと頭が持ち上がる。振り返った双眸《そうぼう》は痛々しく腫れていて、そこから幾筋もの涙が伝っていた。

皺《しわ》ができたお仕着せにも、大量の黒い点が散っている。

「……この、声……ナターニア奥様?」

掠れた声音で口にしてから、スーザンは首を横に振る。

「……私ったら。奥様が恋しくて幻聴まで聞こえるなんてね」

疑われてしまったナターニアは胸に手を当ててアピールする。

「幻聴じゃないわ。わたくしよ、わたくし」

『ちょっと詐欺っぽいなー』とお猫さまが小声で嘯《うそぶ》いている。スーザンは鼻を鳴らして、自嘲気味に笑みをこぼしていた。

「奥様のお荷物をまとめたら、こんな家さっさと出て行くのに。馬鹿みたいだわ」

「待ってスーザン、それは困るわ。わたくしね、あなたに頼みたいことがあって」

「――さっきから、なんなの？」

忌々《いまいま》しげに呟き、立ち上がろうとするスーザン。

ふらふらと危なっかしい侍女に、ナターニアは手を貸そうとしたが、差しだした手は呆気なくスーザンの身体をすり抜けた。

（あ――、）

分かっていたはずなのに。

それでも、静かな衝撃に胸を衝《つ》かれた気がした。

「悪魔が囁《ささや》いているなら、やめてちょうだい。奥様の声を使って私を誘惑しないで」

両手を組んだスーザンの身体は震えている。

支えてあげたいのに、とナターニアは、半透明の自分の手のひらを見つめる。

この身に余る奇跡ばかりが、起きたりはしない。声は届いても、目に見えない幽霊からの呼びかけをスーザンはちっとも信じてくれない。

「ナターニア奥様はもういない。私は光を失ったの。分かっているから、放っておいて。これ以上何も言わないで」

「放っておけないわ、スーザン」

「やめて！」

聞きたくないというように、スーザンは髪をかき乱している。

そんなスーザンを目にして驚いたのだろう。お猫さまがナターニアのほうを振り返った。

その視線を受け止めて、ナターニアは瞳を揺らす。

（スーザンを協力者に選んだのは、わたくし）

うまく説得しなければ、アシェルの再婚に向けて力を貸してもらえない。

けれど——それだけではなくて。

（スーザンに、前を向いてもらいたい）

主のいなくなった部屋で、泣き続けていたスーザン。

きっと昨日も、一昨日《おととい》も、その前だって同じだ。この二週間、スーザンは延々と泣き続けていたに違いない。

彼女の涙を拭ってやれないのが、ナターニアには口惜しい。

同時に、そんな彼女をこれ以上泣かせてはいけないのだと強く思う。

「ねぇスーザン、後悔ってひとつじゃないわね。旦那さまだけじゃなくて、あなたのこともとっても心配だもの」

スーザンが訝《いぶか》しむように首を傾げれば、彼女の髪もわずかに揺れる。

三十歳になるまで結婚もせず、文句のひとつも言わず、スーザンは傍にいてくれた。手のかかるナターニアの看病のために、いつだって自分の幸せは後回しにして。

「わたくしとあなたしか知らないとっておきの思い出話を、一から百まで披露することもできるけれど……でも、そんなんじゃスーザンは納得しないわよね。人の大事な思い出を踏みにじるな、この悪魔め！　なんて言って、暴れちゃうかもしれないわ」

「………」

「スーザン。あなたが辺境までついてきてくれて、どれだけ嬉しかったか分かる？　わたくしあのとき、小躍りして感謝を伝えたかったのだけど、身体が弱いからそういうわけにもいかなかったのよね。でも今ならどんなダンスだって踊れるわ」

『それ、ぼくしか見られないけど大丈夫？』

顔を上げたスーザンが、辺りを見回している。

表情からして、どうやらお猫さまの声も聞こえたようだ。邪気のない少年の声が聞こえたからか、固く張り詰めた表情がわずかに緩み始めている。

「スーザン、これはお猫さまの声よ。お猫さまというのは、わたくしをここまで案内してくれたとっても親切な黒い子猫さまなの」

ふっ、とスーザンの口元が、笑みの形に歪《ゆが》む。

「スーザン？」

「……猫に敬称をつける人なんて、他にいません」

涙を拭ったスーザンが、正面を見つめる。

協力者であるスーザンにも、姿までは見えていないはずだ。

だから、二人の視線が合うことはないけれど。

「………ナターニア奥様、なんですね？」

「ええ。久しぶりね、スーザン」

そう笑顔で答えれば。

最後に残った一筋の涙が、静かにスーザンの頬を流れていった。

時間が経つにつれ、スーザンは少しずつ落ち着きを取り戻した。

ナターニアはスーザンに、お猫さまと出会ってからの出来事を包み隠さず話した。直立不動の姿勢で、よくできた侍女はナターニアの話を聞いてくれた。

「……そういうわけで、わたくしはこのお屋敷に戻ってきたというわけなの」

今までの経緯をどうにかまとめて、ナターニアはそう締め括《くく》った。

それまでは疑う様子もなく相槌を打っていたスーザンだが、聞き終えるとなぜかひどく渋い顔つきになっている。

「どうして奥様が、あの男の今後をご心配なさるのです？」

敵意にまみれた言葉に、お猫さまがきょとんとしている。

「そんなの当然よ。わたくしは旦那さまの妻だもの！」

正しくは元、ではあるが。

見えずともえっへんするナターニアに、スーザンは眉を寄せたままだ。

「……あの男を庇《かば》うのですね、奥様は」

「庇う？」

（スーザンったら、おかしなことを言うわね）

「庇うも何も、旦那さまはお優しい方だもの」

「…………」

そう返すナターニアに、スーザンが黙り込む。目には色濃い不信感が覗いている。

一部始終を見ていたお猫さまが、こそこそと話しかけてきた。

『……ねぇ、ナターニア。ちょっといい？』

「はい、お猫さま」

こそこそ、とナターニアも耳打ちにて返す。

目の前でくすぐったそうにぴくぴくする大きな耳に、ナターニアの目は釘付けになっていた。

（さ、触りたい！）

お猫さまの全身は魅力でいっぱいだ。ナターニアも誘惑され、もふもふを心ゆくまで味わいたい、という人として当然の欲求に頭を支配されそうになる。

しかしお猫さまからは『不用意にぼくに触ったら許さないからね』と釘を刺されている。残念ながら我慢する他ないだろう。

『ぼくの気のせいでなければ、このスーザンって侍女……君の旦那をかなり嫌ってない？』

嘘を吐く必要もないし、誤魔化せる気もしなかったので、ナターニアはこくりと頷く。

「実はスーザンは、旦那さまと折り合いが悪いのです」

ナターニアの手前、今までアシェル本人の前では感情を抑えていてくれたが、嫌っていたといったほうがより正確だろう。

そのたびスーザンを窘《たしな》めていたナターニアだが、スーザンのアシェル嫌いは悪化していくばかりであった。

『……えっ。なんでそんな人を協力者に選んだの？』

「スーザンは頼りになりますもの～」

この広い邸宅内には多くの使用人が雇用されている。だがナターニアが親しくしていたのは、実家から連れてきたスーザンだけだ。

というのも必然で、部屋に籠もりがちなナターニアは他の使用人と仲良くなる機会があまりなかったからである。

（でも旦那さまを嫌っているのは、スーザンだけじゃなさそう……）

ナターニアがそう思って目を向ける先に、お猫さまが浮かんでいる。

当初、ナターニアが後悔を口にしたとき、お猫さまは『旦那と離婚したいって？』と聞き返してきた。あの口調は、冗談には聞こえなかった。

（ひょっとするとお猫さまも、旦那さまのことがお嫌いなのかしら……）

解せない、とナターニアは軽く頬を膨らませる。

しかしお猫さまは、ナターニアが目的を果たすために付き合ってくれると明言している。決して
ナターニアを邪魔したりはしないだろう。

（きっとスーザンも、いつかはお猫さまも、分かってくれるはずよ）

むんむんと唸《うな》りつつ、祈るように手を組んでいると、スーザンから返事があった。

「……分かりました。それが奥様のお望みであるなら」

「本当!?」

ナターニアはそれこそ小躍りしたくなった。

スーザンの手を取って踊り明かしたいくらいに嬉しい。そんな気持ちで、ナターニアは心からの
感謝の言葉を伝えた。

「本当にありがとう、スーザン。あなたが力を貸してくれるなら百人力だわ」

（やっぱり、スーザンにお願いして良かった！）

ここでスーザンに断られていたら、すべてが詰んでいたのだ。

荷物をまとめたら暇をいただく予定だったというスーザンだが、ナターニアの助けになるならと、
侯爵家に使用人として留まることも約束してくれた。アシェルからは、もともと好きにするように
というお達しもあったそうだ。

一安心したところで、ナターニアは気になっていたことをスーザンに問うた。

「そういえば旦那さまが左腕を怪我していたようなの。スーザン、どうしてか知ってる？」

その問いかけに、スーザンが口ごもる。

「……森に狩りに行って、重い捻挫《ねんざ》をされたと聞いています」

「まぁ。そうだったのね」

アシェルが狩りに出かけるのは珍しい。ナターニアが嫁いでからは、確か一度もなかったはずだ。

（わたくしがいなくなって、少しずつ旦那さまの肩の荷が下りているのかも）

そう思うと、やっぱりナターニアは嬉しくなる。

慣れない狩りで怪我を負ったのは心配だけれど――アシェルにはひとつずつ枷《かせ》を外すように、自由になっていってほしいと願うばかりだ。

（狩猟は、貴族の嗜《たしな》みのひとつですものね）

自然に恵まれた辺境には野生の獣が多く生息している。領地を治める貴族にとっては狩りの腕前も必要不可欠なものだ。

森のほど近くには狩猟館が建てられている。アシェルの父も鹿狩りの季節にはたくさんの友人を呼び、狩猟をして過ごしていたという。

アシェルに友人がいるのかどうかは、ナターニアには分からないが……。

夫の友人関係に思いを馳《は》せるナターニアの耳に、悪口が聞こえてくる。

『妻に先立たれてすぐ、狩りに行くとかあり得ないでしょ。あの男、人の心がないんじゃないの?』

「もうっ、お猫さま。旦那さまを悪くおっしゃらないでください」

控えめに注意しても、お猫さまは素知らぬ振りをしている。

「——あ、そうだったわ!」

ナターニアはもうひとつ、大事なことを思いだした。

目的達成のために、ものすごく大事な質問だ。きちんとスーザンに確認しておかなければ。

「ねぇスーザン。最近、旦那さまと仲のいいご令嬢なんていないかしら?」

『ちょっとナターニア。アシェルがいくら人でなしだからって、そんなのいるわけないってば……』

妻が発するにはあんまりにもあんまりな質問に、お猫さまが突っ込んでいる。

しかしスーザンは、躊躇《ためら》いがちに口を開く。

「それでしたら……」

「ええ。何?」

言い淀むスーザンを、ナターニアは優しく促す。

緊張した面持《おもも》ちで、スーザンはその先を口にした。

「ひとりだけ、心当たりがあります」

ナターニアとお猫さまは、顔を見合わせた。

2日目

2日目

夢を見た。
ずいぶんと昔の夢だ。
まだ幼い頃。年端もいかぬ子どもだった頃。
自分を呼ぶ母親らしき声。たくさんの笑い声。犬の鳴き声。小さな自分の手。
庭を駆け回って、小石に躓《つまず》いて転んで。
泣いて、笑って、次の瞬間には覚めている。
ぼんやりとした頭で、汗ばんだ手のひらを見つめた。
それでようやく、現実を思いだして。
——ひどく、空虚な気持ちを味わう。

「ああっ。本日も旦那さまは素敵です……！」
きゅんきゅんと胸をときめかせながら、ナターニアは植木鉢の後ろに隠れている。

半透明の身体はお猫さま以外には見ることができないので、別に隠れる必要はないし、そもそもまったく隠れきれていないのだが、そんな些細なことは気にしないナターニアだ。

というのも視線の先には――ナターニアの夫であった、アシェルの姿がある。

ダイニングテーブルについたアシェルは、食後のコーヒーを飲み新聞を読んでいる。左腕は吊ったままだが、テーブルに広げた新聞を右手だけでめくっている。

幽霊はお腹が減らないようだが、そんなアシェルを物陰から見つめるだけでナターニアはお腹がいっぱいになってしまう。

（新聞をめくる骨張った指、組んだ足の長さ、気怠《けだる》げな眼差し、ちょこっと寝癖がついた後ろ髪……！）

朝っぱらから色気を垂れ流す夫に、ただただ見惚れるばかりのナターニア。

「もうっ、そんな艶っぽい横目で見つめられたら、新聞紙が火照《ほて》ってしまいます旦那さま……！」

頬を薔薇色に染め、うきうきと首を左右に振る彼女の姿は、まるで憧れの貴公子の姿をこっそりと覗き見る町娘のように可愛らしいのだが。

『は～～～ぁ』

そこに、やたらと大仰《おおぎょう》な溜め息が聞こえてきた。

溜め息の持ち主は、アシェルの顔の近くをくるくると旋回しては、首を捻《ひね》り続けている。

湯気の出るカップを傾けるアシェルは、目の前に浮かぶその姿にもまったく反応しない。見えていないのだから、当たり前なのだが。

『この男のどこがいいのか、ぼくにはさっぱり分からないんだけどなー』

逆さまになったお猫さまが、アシェルのことを至近距離からガン見している。

「何をおっしゃいます、お猫さまっ」

お猫さまもスーザンも、妙にアシェルへの採点が厳しいようだ。

納得がいかないナターニアはすっくと立ち上がる。ナターニアにも譲れないことはある。

『じゃあさ、どのあたりが好きなの？』

「強《し》いて言うならば、すべて……でしょうか」

ぽぽぽっと頬を赤くするナターニア。全身から集めてきた迫力は一瞬で霧散している。

なぜかノロケを喰らってしまいげんなりするお猫さまに、ナターニアは両手の指を絡めながら上目遣いで問う。

「そういえばお猫さま。わたくし、夢を見たのです」

昨夜遅く、アシェルは侯爵邸に戻ってきた。

そして屋敷中の明かりが消灯された頃、ナターニアの意識もふっと途切れてしまったのだ。

夜更かしして邸宅内の探検でも楽しもうとわくわくしていたナターニアは、その代わりのように昔の夢を見て——朝になると、ひとりで屋敷の前に立っていた。

どこからともなく現れたお猫さまと合流して、こうしてダイニングルームに足を運んだのが数十分前のこと。

『それ、夢じゃないよ。生前の記憶の整理をしているだけ』

「そうなのですか？」

お猫さまが、流し目でナターニアを見やる。

『最後には、自分が死んだ日あたりの記憶も見るんじゃないかな』

「そういうものなのですね！」

ひたすら感心させられるナターニアだ。

（それに意識がなくなったのは、ちょうど……日付が変わる時間帯だったかしら）

どちらにせよ、自分の身には常識を超越する出来事ばかりが起こっている。

そういう仕組みだと受け入れるしかない。なんせ幽霊になってしまったくらいだ。日付をまたいでの活動はできないと覚えておこう、とナターニアは思う。

そのときだった。ナターニアは重要なものを発見した。

「あぁ！　あちらをご覧くださいませお猫さま！」

『ん？』

お猫さまが、ナターニアの眺めるほうへと遅れて目を向ける。

ひとりと一匹が注目する中。

ダイニングルームの入り口に姿を現していたのは、新緑色のドレスをまとった令嬢だった。

朝から一分《いちぶ》の隙もなく施された濃いめの化粧に、ぽってりとした唇は艶めく紅色。焦げ茶色の髪に、同色の瞳。異性も同性も、彼女の華やかな姿には目を惹かれずにいられないことだろう。

『誰、あれ？　目立つ格好。ここの使用人じゃなさそうだけど』

唐突に姿を見せた彼女を、お猫さまは不審げに見ている。どうやら博識なお猫さまにも知らないことはあるようだ。

「彼女はマヤ・ケルヴィン令嬢ですわ」

『えっ、あれが？』

お猫さまが驚きの声を上げる。

スタイル抜群のマヤは、大きな胸を揺らし、腰をぐいぐいくびれさせ、高いヒールを高圧的に鳴らし、ダンスホールのド真ん中に躍り出るかのように堂々と歩いてくる。

ナターニアは驚かない。もともとマヤとは顔見知りだし、昨日スーザンから彼女の名前を聞いてもいた。

（さっき従者が旦那さまに耳打ちしたのも、この件だったのね）

ちなみにナターニアに協力を約束してくれたスーザンだが、ダイニングルームに彼女の姿はない。アシェルは身の回りの世話を気の置けない側近に任せているので、スーザンを呼んでも追い返されてしまう可能性が高いからだ。

スーザンにはアシェル関連の情報を集めてもらいながら、いざというときに力を貸してもらう予定である。

（それにしてもマヤ嬢、今日は一段と気合いが入っているみたい）

マヤは、隣町に本邸を構えるケルヴィン男爵家の令嬢である。もともとは平民の出だが、マヤの祖父母の代で商売に成功し、男爵位を得たという経緯がある。

しかしアシェルはマヤに気がついているだろうに、紙面から顔を上げないままだ。よっぽど気になるニュースでもあったのだろうか。見守るナターニアははらはらしてしまう。

（旦那さまはお優しい方だもの。無視したりはしないはず……）

祈るような気持ちで、見つめていると。

「侯爵様、ごきげんよう」

スカートの裾をつまみ、膝を曲げ、完璧な所作でマヤが挨拶してみせる。

新聞に目を落とすアシェルが、ちらりと片目を上げた。

「……ああ」

返答は短い呟きのようなものだったが、マヤは嬉しそうににこにこしている。

ちなみにナターニアもにこにこしている。

『なんでナターニアまで嬉しそうなの？』

「うふふ。旦那さまのお声、久々に聞いたなと思いまして……」

昨日も今日もアシェルは従者と二言三言交わしていたのだが、距離があってナターニアにはよく聞き取れなかったのだ。

「旦那さまはお声まで、かっこいいです。素敵です」

『そう……』

もうちょっと長く喋ってほしいな、と期待するナターニアである。

きゅんっとしているナターニアのことなど知る由もなく、マヤが手を叩いた。

「ちょっと！　椅子を動かしてくれる？」

呼びつけられ、ダイニングルームに従者が入ってくる。彼は一瞬だけアシェルに物言いたげな目を向けたが、アシェルはそちらに見向きもしない。

結局、従者はマヤの要望通りに椅子を動かして去って行った。アシェルの隣席に着席するマヤはご満悦だ。

「さっさとあたくしの分の料理も運んできて！」

離れた厨房にまで聞こえるように声を張り上げるマヤに、アシェルは注意もしない。

夫婦よりもよっぽど近い距離にある二人。その様子を黙って眺めていると、お猫さまが声をかけてくる。

『ナターニア、どうかした？』

「いえ……。実はわたくし、旦那さまと食事の時間をご一緒したことがなくて、ですね」

ダイニングルームに入ったのも今日が初めてだ。いつもナターニアは、自室に運び込まれた簡素な食事をスーザンと二人で食べていた。

「わたくしもあんな風にできていたら、なんて……思ってしまいました」

もう痛みを感じないはずの胸が、なぜか苦しい。

目の前の光景ひとつを取るだけで、真にアシェルに相応《ふさわ》しいのがどんな女性だったのか、思い知らされるようで。

『ナターニア……』

「――なんて、泣き言を言っている場合ではありませんわね」

『…………へ？』

お猫さまの労《いたわ》るような目が、一気に丸くなる。

「わたくし、決めましたもの。死ぬ気で旦那さまの再婚を応援するのだと」

ぎらぎらぎら、とナターニアの瞳は決意に燃え上がる。

『死ぬ気で応援って、もう君、死んじゃってるけど……』

「死んだ上に死ぬ気でがんばれば、とんでもない力が発揮できますわ！」

『よく分からない理論を持ちだしてくるね⁉』

そう、落ち込んでいる暇なんてありはしない。

マヤ・ケルヴィン。

スーザンによれば彼女こそ、アシェルと懇意にしている令嬢であり――アシェルの再婚相手、その最有力候補者なのだから。

ナターニアたちが見守る中、新聞を読み終えたアシェルが立ち上がる。

そんなアシェルの腕にマヤが蛇のように絡みついた。

ナターニアはその大胆さに仰天し、顔を覆う。

「ま、まぁあ……っ！　あれではお胸が旦那さまに当たってしまいますわ！」

『当ててんのよ、ってやつだね』

身体を丸めてお腹をぺろぺろ舐めているお猫さまから、合いの手が入る。

「は、はしたない。いけませんわー！　破廉恥《ハレンチ》ですわー！」

『とか言いながら、指の隙間からいろいろ見てるよね？』

そんな外野のやり取りが交わされているとも知らず、マヤは甘えた声を出している。

「侯爵様、どこに行かれるの？」

「領地の視察だ」

（旦那さま、マヤ嬢を振り払わない……）

赤い顔のまま、ナターニアは心のメモを取る。見る限り、アシェルはマヤを尊重しているようだ。

名残惜しそうにするマヤに対し、やや素っ気ない態度ではあるが。

（でもこれは、ダイニングルームだからかもです）

人の目がない二人きりの空間であれば、アシェルも相好を崩すに違いない。

ダイニングルームを出たアシェルとマヤを、ナターニアは廊下の角、柱、花瓶、観葉植物などに隠れつつ追いかける。

『別に隠れる必要ないのに……』

なんだかんだ言いつつ、お猫さまもナターニアと一緒に隠れながら移動している。

玄関ホールを出て行くアシェルを、マヤが見送る。

「あたくし、あたくし、お帰りをお待ちしてますからぁっ」

今生《こんじょう》の別れのように瞳をにじませるマヤ。

そんな彼女に対し、アシェルは――。

「今日も遅くなるから、早めに帰ってくれ」

……かっぽかっぽ、と二頭立ての馬車は去って行く。

馬車が見えなくなるまで、ハンカチを手に見送るマヤ。その後ろに立ったナターニアは、感動のあまり瞳を潤ませていた。

「さすがですわ、旦那さまっ！　ぶらぼーですっ！」

スタンディングオベーションばりに感極まって手を叩くナターニアの横で、お猫さまはぽかんとしている。

『えっ、どのあたりがぶらぼー？』

「今のお言葉です。マヤ嬢への気遣いに満ち満ちておりましたでしょう！」

『気遣い……には聞こえなかったけど』

その突っ込みは、興奮するナターニアの耳には届かない。

「わたくし、驚きました。お二方《ふたかた》、とてもいい感じではありませんか！」

考えていた以上に、アシェルとマヤは親密な関係のようだ。

「これではもはや、わたくしの出る幕はないかもしれません。七日目には旦那さまは再婚していらっしゃるやもっ。そうしたらわたくし、お二人の結婚式にも参席できますわね」

『ナターニア、なんか無理してない？』

「っ」

ほんの一瞬、ナターニアは言葉に詰まる。

お猫さまは勘が鋭い。ナターニアの目が泳ぐ様も、じっと見つめている。

「い、いえいえ。わたくしは無理なんて――」

「――ちょっと！」

ナターニアとお猫さまの身体が、同時に跳ねる。

誰かが自分たちに話しかけてきた。そう思うのも無理はないほど、その声が大きかったからだ。

しかし、玄関前には他に誰の姿もない。

ナターニアとお猫さまは顔を見合わせた。

どちらからともなく頷き合うと、ドアをすり抜け、邸宅内へと戻る。

すると腰に手を当てたマヤが、メイド相手に声を荒らげていた。

「この花、地味なんだけど！　薔薇か何かと取り替えてちょうだい！」

取り沙汰されているのは、玄関前に生けられた花の件らしい。

真っ青な顔をした若いメイドは、腰を低くしながらも小声で訴える。

「で、ですが、アネモネは奥様がお好きな花でしたから……」

その言葉に、ナターニアは目を見開く。

ナターニアは確かにアネモネの花が好きだ。でも、それを誰かに話したことはない。

（スーザンが話したのかしら）

昨日は単なる偶然なのかと思っていたが、ナターニアの趣味を知った上で飾ってくれていたのだろうか。

震えるメイドの言葉を聞いたマヤはといえば、ぷっと噴きだしている。

「奥様？　侯爵夫人の座はとっくに空いているわよね？　今さら誰のことを言っているの？」

「……っ」

メイドは言い返せず、唇を噛み締めている。

「こんなセンスの悪い花、侯爵家に相応しくないわ。今すぐ捨ててきなさい」

「…………はい」

気弱そうなメイドは小さな花瓶ごと手に取り、とぼとぼと去って行った。

マヤは勝利を誇るかのように、髪をなびかせる。

「それじゃ、あたくしは侯爵様がお戻りになるまで庭を散歩するから！」

その姿が庭に消えていくと、ダイニングルームを掃除していたメイドたちがひょっこりと顔を出した。

彼女たちは鼻白んだ顔をしている。マヤの大声は邸宅中に響き渡っていたようだ。

「何あれ。部外者のくせに奥様気取りで振る舞って、鬱陶《うっとう》しいったらありゃしない」

「自分が侯爵夫人になれたとでも思ってるのよ、馬鹿みたい」

「旦那様がもっと毅然と対応すれば済む話なのに……」

『分かるぅ。アシェルもマヤも超むかつくぅ』

三人のメイドたちの会話に、自然とお猫さまが紛れ込んでいる。言葉通り、かなり不機嫌そうに尻尾がぶんぶんと揺れている。

（ああ。お尻尾が！）

もっふりした長い尻尾の先端に、ナターニアは夢中になってしまう。

はぁはぁしつつ、指先で触れようとしたが、気がついたお猫さまは素早く天井あたりまで逃げてしまった。

『もう！　油断も隙もないな！』

「そんな。いけずですわ……」

よよよと泣き崩れるナターニアだが、お猫さまはお構いなしだ。

『それはいいとしてナターニアさ、あの女とはどういう関係だったの？』

あの女、とはもちろんマヤのことだろう。

「マヤ嬢は、わたくしの生前もよくここに遊びに来ていて……わたくしの話し相手になってくれた方ですの」

『話し相手？　どんな話をしたの？』

「ええと、そうですわね……」

ナターニアは回想する。

いつも忙しそうなマヤがわざわざナターニアの部屋を訪ねてきて、明るく投げかけてくれた言葉の数々を……。


『ごきげんよう、公爵令嬢。……ああ失礼、今は侯爵夫人だったかしらぁ？』

『今日は外の天気がいいわよ。侯爵様とお散歩でもしたらどう？　ううん、体調の悪そうなあなたには難しいわよね。あたくしが代わりに行ってきてあげる』

『侯爵様がおっしゃってたわ。寝たきりのお飾り妻を持つと苦労するって。おかわいそうなあの方を、今日もあたくしが慰めてさしあげたの。感謝してよね？』

「……などなど……」

他にも数多《あまた》の思い出が、と懐かしく回想していくナターニア。

『クソ女じゃん』

しかしそんな回想をぶち破る勢いでお猫さまが悪し様《あしざま》に言う。

「お猫さま。お言葉が乱れていらっしゃいますわ」

『乱れもするよ。ていうかナターニアはなんで怒らないわけ？』

「だって、本当のことですもの」

けろっとしているナターニアに、お猫さまはぷんすかしている。ヒゲはぴーんと糸のように張っていた。

『事実であれば、何を言ってもいいってわけじゃないだろ！』

「それは一理ありますが」

『というかアシェル、ナターニアに隠れてそんなこと言ってたの？　クソ男じゃん』

青い硝子玉のような瞳に、強い怒りがにじんでいる。

お猫さまのそんな目を見ると、ナターニアは堪らない気持ちになる。

今すぐにでもお猫さまを抱きしめたくなってしまう。でも、残念ながらそれは本人が許してくれそうにない。

（本人というか、本猫が、でしょうか……）

『ちょっと、ナターニア？』

ぽやぽやと別のことを考えているのに気がついたらしく、お猫さまが苛立たしげに名前を呼んでくる。

「そうですわね。マヤ嬢のご発言について真偽は分かりませんけれど、もし本当におっしゃっていたなら」

『なら？』

「嬉しいです」

お猫さまは開いた口が塞がらなくなっている。

「だってそれほど、旦那さまがマヤ嬢に心を開いているということになりますもの」

そもそもマヤの言によれば、ナターニアが嫁ぐ前から彼女はアシェルのことが好きだったそうなのだ。

あんなに可愛らしい令嬢から長年慕われていたなら、アシェルも少なからず意識していただろう。

（好き合う二人の間に割って入ってしまったようで、心苦しかった）

ナターニアに対してマヤが必要以上に攻撃的だったのは、侯爵夫人としての務めを果たせないナターニアが気に食わなかったからだろう。

自分ならもっとうまくできるのに、と悔しく、妬《ねた》ましく思っていたのかもしれない。

（それにわたくし、マヤ嬢が何度も会いに来てくれてけっこう嬉しかったのです）

幼い頃から病弱だったナターニアには、気心の知れた友人はほとんどいなかった。

もしも一緒に遊んでいる最中にナターニアが調子を崩せば、その人物はナターニアの両親や周囲に責められることになる。どうして無理をさせたのか、もっと気をつけてやらなかったのか、と。

そんな日々は、ただでさえひとりぼっちのナターニアをさらなる孤独に追いやっていった。

だからアシェルに会うついでだったとしても、マヤと話す時間はナターニアにとって色づいていた。

流行《はや》っているドレスや装飾品の話。新しく上演される歌劇の話や、カフェの話……ナターニアの知らないことを、誰も教えてくれなかったことを、マヤはたくさん、懇切丁寧《ていねい》に教えてくれた。

それだけではない。ナターニアを見るなり辛そうな顔ばかりする人々と異なり、マヤは一度もそんな顔を見せることはなかった。

（むしろ、『よっしゃ』って感じでしたわね）

ナターニアの具合が悪ければ悪いほど、マヤのテンションはガンガンに上がっていた気がする。早く死ね、と思われていたとしても別にナターニアは驚かない。貴族らしく本音を取り繕ったりはしない彼女の気性を、むしろ好ましく感じている。隠し事ばかりの人より、よっぽど素敵だと思うのだ。

「社交的なマヤ嬢であれば、旦那さまのことを社交界でも引っ張ってくれるでしょうし……わたくしと違って、きっと旦那さまを明るいほうに導いてくれるかと」

『性格に難ありだと思うけどね』

楽天家なナターニアに、お猫さまはしっかりと釘を刺してくる。

確かに、侯爵家の従者やメイドたちに対して、マヤは無駄に高圧的だった。

使用人を人間扱いしない主人は珍しくないし、むしろ上流階級になればなるほどその傾向は強いといえる。しかしロンド家の侯爵夫人となるならば、そのあたりは改善の余地がある。

(なんて、偉そうに言えるわたくしではないのですが)

こほん、とナターニアは咳払いをする。

「とりあえず、最有力候補ということで」

『……まぁ、君がそれでいいなら』

ふんっ、とお猫さまが湿った鼻を鳴らす。

どうやら、釘は一本で抑えてくれるらしい。くすりと笑みをこぼしたナターニアは、空っぽになった花瓶台を見やる。

玄関前の花瓶に生けられていた三種のアネモネは、赤と白とピンクだった。マヤは気に食わないようだったが、春らしい彩りだったからよく覚えている。

(ええと、ええと)

ナターニアは記憶を辿《たど》ってみる。

薬師の家系に生まれたスーザンは、花言葉にとても詳しい。よく寝物語の代わりに、いろんな種類の花言葉についてナターニアに教えてくれたものだった。

赤のアネモネは愛。

白のアネモネは期待や希望。

（そして、ピンクのアネモネは……そう、確か……）

——あなたを、待ち望む。

『ナターニア？』

不審げに呼びかける声に、ナターニアははっとする。

（わ、わたくしったら。どうして旦那さまの顔を、頭に思い浮かべてしまったのでしょう）

素敵な花言葉を思いだして、良からぬ妄想をしてしまった。

もしかするとこれはアシェルが、ナターニアに向けたメッセージなのかも——なんて。

（ううっ、だめですね。旦那さまはすでに、新しい恋に向かっているかもしれませんのに！）

気恥ずかしさを紛らわせようと、ナターニアは赤い顔で提案した。

「お、お猫さま。屋敷内を探検しませんかっ？」

『え？　探検？』

急すぎる言葉に、お猫さまは首を傾げる。

「それが昨夜、実施するつもりだったのですが……日付が変わると、わたくしは活動できなくなってしまうのですよね？　であれば、昼間探検するのがいちばんかと。スーザンとの待ち合わせまで、まだ時間もありますし！」

午後はスーザンと待ち合わせをしている。『アシェルに再婚してほしい作戦』進行にあたっての会議を開くのだ。

『まぁ、ぼくは別に構わないけど。どうせ暇だしね』

「では、まいりましょう！」

元気よく拳を握るナターニアのあとを、のんびりとお猫さまがついてくる。

『まずはどこに行くの？』

「わたくし、ほとんどの場所を見たことがないので……手近な部屋から見てみてもいいでしょうか？」

『うん、分かった』

こうしてのんびりと、ひとりと一匹による侯爵邸の探検がスタートした。

間取りについては嫁いできた頃に教わっていたが、ちょうど玄関ホールに立っていたのもあり、初めて屋敷にやって来た客人のような心持ちで、ナターニアは順々に部屋を回っていく。

客人を迎えるサロン、客人用のゲストルーム。

広々としたシッティングルームに、落ち着いた雰囲気のティールーム。

それに料理人が忙《せわ》しなく働く厨房に、食料庫。布やタオルが大量に保管されたリネン室。

アシェルが書類仕事を行う執務室に、たくさんの本が置いてある図書室。

一生懸命に床や階段を磨き上げるメイドたちに労りの声をかけることはできないけれど、彼女たちのがんばりは確かに目に焼きつけていく。

しかしもちろん、それなりの給料を与えられているからといって、誰もが真剣に仕事に励んでいるわけでもない。

たまに物陰でこっそりと逢い引きしている職場恋愛中のカップルとか、料理をつまみ食いしている新人メイドを目撃したりして、お猫さまと顔を見合わせて笑ってしまう。

他の誰かに露見する前に、もうちょっと角度に気をつけるといいかもしれない。枕元に立ってそっと忠告してあげたいが、残念ながらその機会はなさそうだ。

廊下をスキップしそうになりながら歩いていると、宙をすい進むお猫さまが言う。

『ナターニア、楽しそう』

「はいっ、とっても楽しいです……！　きらびやかな宮殿に招待された方に負けないくらい、楽しんでいるやもしれません！」

生前はほとんど出歩けなかった侯爵邸の中は、ナターニアにとって真新しくて新鮮なものばかりだ。

床の板目や、浮き彫りが目を引く家具。針子の眺める刺繍図案をこっそりと覗き見るだけで、なんだか心が弾んでしまう。

ふと気になって、ナターニアは訊ねてみる。

「あのう。お猫さまも、楽しいでしょうか？」

『……うん、けっこう楽しんじゃってるかもね』

口元を緩めて、お猫さまが笑う。その柔らかな表情に、ナターニアもまた嬉しくなった。

——本当に幽霊は、身軽だ。

礼儀作法に気をつけることも、人の目を気にすることもない。鍵のかかった部屋だって、簡単にすり抜けることができる。

二階からバルコニーに出て見渡せば、辺りには広大な緑の景色が広がる。

しかし感嘆の吐息を漏らした直後、真下を見れば日傘を差して歩き回るマヤの姿があったりする。

脱力したナターニアとお猫さまは、また目を見交わして微笑んだ。

『それにしても本当にそこら中、アネモネの花だらけだね。きれいだけどさ』

「……そうですね」

お猫さまの言う通りだった。屋敷の探索中、何度もアネモネの花を見かけている。

花言葉のことがまた頭に浮かび上がってきて、ナターニアは目を伏せた。赤くなる頬を、お猫さまに悟られるわけにはいかない。

（理由について説明したら、きっと呆れられてしまいますもの……）

アネモネは年がら年中咲くわけではなく、春の花だ。しかし昨年の春に嫁いできたばかりの頃、屋敷のどこかでアネモネを見た記憶はない。

やはり、この花が好きだったナターニアへの手向《たむ》けなのだろうか。そのようなことをメイドも口にしていた。

「アネモネについては、あとでスーザンに訊いてみますね」

声が上擦ってしまったが、お猫さまは気がつかなかったらしい。

『うん、気になるもんね。――ところで、あの部屋には行かないの？』

「あの部屋とは、どちらのことでしょう？」

『アシェルの寝室』

お猫さまの口元がにやついている。ナターニアの頬に、隠しきれない熱が灯った。

「きょ、興味はありますがっ、許可もなく男の人のお部屋に入るなんて破廉恥ですわ！　というか、人としていけないことです！」

『もう人じゃなくて幽霊だけどね～』

けらけらと笑うお猫さまにつられて、ナターニアも最終的に笑ってしまう。

「ではそろそろ行きましょう。スーザンが待っているでしょうから」

まだ赤い顔を持て余しながら促せば、お猫さまが頷いた。

探検を終えたひとりと一匹が足を向けたのは礼拝堂だ。

スーザンは新たな配置先が決まるまで、こういった付属建造物の掃除をするようにと命じられたらしい。普段はあまり人が近づかないので、会議をするにはうってつけの場所だ。

『ここもきれいなところだねぇ……』

独り言のようにお猫さまが呟く。ナターニアもまた、感嘆の溜め息を吐いた。

青い空に映える白の礼拝堂。

建物内部の正面には美しいステンドグラスが嵌められ、太陽の日射しを浴びて輝きを増している。

ランプの明かりがひとつも灯っていなくとも、礼拝堂内はじゅうぶんすぎるほどに明るい。

スーザンは、二列に分かれて並ぶ座席の埃《ほこり》を払っている真っ最中だった。お猫さまの呟きが聞こえたようで、こちらに顔を向ける。

「……奥様、それにお猫様でしょうか?」

スーザンの声だけは、堂内によく響く。

目線は合わないが、ナターニアはスーザンのすぐ傍に近づいた。

「ええ、スーザン」

接近したことが分かったのだろう。ほっとしたように、スーザンのきつめの目元が和らぐ。

「さっそく作戦会議をしたいのだけれど、いいかしら？」

「ええ、もちろんです。一通りの掃除は終わっておりますので」

言われて見回してみると、礼拝堂内はすっきりとしていて清潔だ。そもそも定期的に掃除がされていたのだろうが、勤勉なスーザンの手によってますます磨かれたのだろう。

「ありがとう。立っていると疲れるだろうから、手近な席に座ってちょうだいね」

「私はこのままで問題ありません。奥様はどうぞお掛けください」

スーザンはそう言いきる。昨日も彼女は直立不動だったのを思いだしたナターニアだったが、そこで唇を尖らせた。

「それなら二人で、隣の席に座って話しましょう。わたくしは左一列目の、左端に座るわね」

わざと宣言してから移動すれば、スーザンはやや戸惑いながらも後ろをついてきた。

「奥様、いらっしゃいますか？　……こちらでしょうか？」

「ええ、座っているわ。隣に腰かけてみて、スーザン」

おずおずと、スーザンが座る。

「今、奥様は隣にいらっしゃるのですよね？」

「ええ、いるわ」

何度も、しつこいくらいにスーザンが確認してくる。そのたびナターニアは何度も返事をした。

不安げに、スーザンが左側に顔を向けてくる。眉がぎゅっと眉間に寄っている。いつも過ごしていた距離と同じだが、スーザンがこのように不安を露わにしたことは滅多になかった。

「……私の顔を、触ってみてくださいませんか？」

小さな呟きを、ナターニアの耳が拾い上げる。

「分かったわ」

手を上げて、スーザンの頬を撫でるように動かしてみる。触れられないと分かっていても、そうしてあげたかった。

ナターニアは確かに、ここにいる。スーザンと向かい合っている。

でも目の前のスーザンには、声だけしか届かないのだ。

「今、触れているわよ。スーザンの頬は相変わらずきれいで、柔らかいわね」

実際に、スーザンの頬の感触を感じ取れるわけではない。そこに宿る温度を知ることも、もうナターニアにはできない。

それでも生前、確かに何度も触れた感触をなぞるようにして、ナターニアはそう口にした。

「……ありがとうございます、奥様」

安心したのか、ようやくスーザンは微笑んでくれた。

『……二人とも、いい雰囲気だね。でも、会議はいいのかな？』

数秒後に茶化すようなことを言ったのは、お猫さまなりの気遣いだろう。

ナターニアはわざとらしく咳払いをして、手を膝の上に置いた。

「では、今から会議を始めようと思います！」

「はい、奥様」

スーザンが生真面目そうに頷く。お猫さまはその右横にふわふわと浮いている。

「さっそくだけど、マヤ・ケルヴィン嬢についてスーザンはどう思う?」

「私は、個人的に彼女のことをよく知っているわけではありませんので……」

スーザンは遠慮がちに俯いている。

「いいのよ。忌憚《きたん》なき意見を聞かせてほしいの」

「では率直に申し上げます。――クソ女だと思っています」

『分かるぅ〜』

「二人して！」

昨日から、スーザンとお猫さまはかなり意気投合している。

「んもう。そんな言葉遣い、スーザンには似合わないわよ」

「……すみません」

注意しているのに、はにかんでいるスーザン。

そんなスーザンのことを、顎《あご》に細い指を当てたナターニアはじぃっと観察する。

「奥様?」

スーザンはきょろきょろと不安そうに周囲を見回している。

（スーザン、すごく美人なのよね……）

化粧っ気がなく、自分を着飾ることをしないから目立たないものの、スーザンの容姿は整っている。

涼しげな目元。形のいい眉に鼻。小さな花のような唇もまた魅力的だ。

赤茶色の髪は、長く腰あたりまで伸ばしたならどれほど美しいだろう。

ナターニアに懸命に仕えてくれていたスーザンは、自分のことは疎《おろそ》かにしていたけれど、そろそろ彼女自身の幸せを掴《つか》んだっていいはずだ。

（それに頭が良くて、薬学にも精通していて……って、あら？）

ナターニアの身体に激震が走る。

そうだ。マヤにばかり注目していたが、こんな近くに逸材がいたではないか。

「あの――奥様！」

ナターニアはぱちくりと目をしばたたかせた。

震え声で呼ぶスーザンは迷子の子どものような顔をして、あらぬ方向を見ていた。

（あっ。わたくしが急に喋らなくなったから……）

喋り声がしないと、スーザンはナターニアが近くにいるかも分からないのだ。先ほど痛感したばかりだというのに、ひどいことをしてしまった。

「ご、ごめんなさいスーザン。わたくしはここよ」

「良かった……」

左側に顔を向けながら、はぁ、とスーザンが息を吐いている。

ナターニアは、そんなスーザンを上目遣いで見やった。

「……ねぇ、スーザン？」

「いやです」

「まだ何も言ってないじゃない」

「私に、侯爵に嫁げとおっしゃるつもりでは？」

その言葉に、ナターニアは本気で驚かされた。

「すごいわっ。どうして分かったの？」

「お嬢様……、奥様の考えることなら、だいたい分かります」

「ああ、完璧だわスーザン。あなたこそ最高のレディーよ！」

おだてるナターニアに、スーザンは露骨にいやそうな顔をする。

「私と侯爵様では身分が釣り合いません。それに年齢も離れています」

「愛に年の差なんて関係ないわ」

「そんなもの芽生えようがありませんし、平民が侯爵様に嫁ぐなんてあり得ませんし、本当にあり得ませんし、」

矢継ぎ早に、まくし立てるように否定するスーザン。

『あれ、アシェルって何歳なんだっけ？』

「旦那さまは二十歳なので、わたくしの三つ年上ですわ」

お猫さまの質問にはナターニアが答えた。

名案だと思ったが、確かに三十歳のスーザンがアシェルに嫁ぐのは難しくはある。

それに当事者の気持ちを無視するわけにはいかない。無理やり命じて嫁がせるなど、本末転倒である。

「……分かった。諦めるわ」

スーザンはあからさまにほっとした顔をする。

「でも気が変わったら言ってね」

「絶対に変わりませんので、大丈夫です」

むくれるナターニアを、けらけらとお猫さまが笑っている。

むむむとなりつつ、立ち上がったナターニアは窓辺に寄った。

庭を見て気分を紛らわせようと思ったのだ。礼拝堂からは、外の花壇がよく見える。

「あ……アネモネ」

プランターにはたくさんのアネモネが咲いていた。鼻腔に甘い香りを感じたような気がして、ナターニアの気持ちがふわりと安らぐ。

「たくさん育てているのね」

「奥様がお好きな花でしたから。ピンク色のアネモネは、奥様の優しい髪色に似ています」

答えるスーザンの唇は綻《ほころ》んでいる。

「屋敷中にも、たくさんのアネモネが飾ってあったわ。スーザンが使用人のみんなに伝えてくれたの?」

「………」

「スーザン?」

黙り込むスーザンをナターニアが不審がれば、彼女はどこかぼんやりと遠くを見ていた。

「そう、ですね。そういえば、そんなこともあったかと」

答える声は、ややぎこちない。

「スーザン? どうかしたの?」

「……私……」

しばらくスーザンは何も言わなかったが、ぽつりと続きの言葉を呟いた。

「怖いんです」

「怖い? 何が?」

「奥様が」

思わず、ナターニアはよろめいた。

（わたくしが、怖い……!?）

生まれてこの方、そのように評されたことはない。そんな言葉を、最も身近にいたスーザンに言わせてしまったのはナターニアにとって衝撃的なことだった。

顔面蒼白になりつつ、懸命に謝る。

「ご、ごめんなさいスーザン。わたくし、いつも我儘《わがまま》ばかりだったものね。でもさっきのも無理やり嫁がせようとしたとかじゃないのよ、ただスーザンはとてもきれいで頼りになって博識な人だからと思っただけで」

「違います！　そうじゃなくて……！」

スーザンがぐっと眉根を寄せる。震える唇が、小さく動いている。

「……申し訳ございません。仕事が残っていますので、私はこれで失礼します」

「スーザン？」

ナターニアは呼び止めたが、スーザンは視線を振りきるように礼拝堂を出て行ってしまった。

追いかけることもできず、ナターニアはその場に佇んだままでいる。

スーザンは声に乗せはしなかった。

だが唇の動きを凝視していたナターニアには、スーザンの声なき声が聞き取れていた。

――優しすぎて怖いんです。

――私は奥様が、怖いんです。

『気をつけてね、ナターニア』

いつの間にか、礼拝堂には濃い影が差していた。

日の光は分厚い雲に遮られて、すっかり暗くなった堂内で、お猫さまの青い目だけが爛々《らんらん》と光っている。

『あの侍女、何か隠してるよ』

不穏な響きだけが、堂内に木霊《こだま》した。

3日目

3日目

ひとりきりの部屋は、明かりをつけていても妙に薄暗く感じられる。

夢も希望もない毎日。

ただ命じられたことに頷いて、繰り返されるだけの日々は記憶にも刻まれない。

きっと大人になっても、こんな風に無為《むい》な時間を自分は過ごし、やがて死んでいくのだろう。

そんな日々に、その人は唐突に現れた。

親に紹介されて、挨拶《あいさつ》を交わす。お互い貴族家の子息と令嬢でありながら、自分とは似ても似つかない人。

最初は少しも、興味なんて抱いていなかったのに。

どうしてか、何もかも違うその人に、惹かれてしまう自分がいた。


幽霊生活、三日目の朝。

「ああ、どうしましょう……どうしましょうお猫さまっ」

ナターニアは高鳴る心臓を服の上から押さえながら、ふるふると首を横に振っていた。

「興奮しすぎて、わたくし、そろそろ心臓が止まってしまいそうです！」

『もう止まってるよ』

お猫さまはいつだって冷静だ。

『そんなに大騒ぎして、どうしたのさ』

「今が、なんだか幸せすぎて怖くなってきたのです」

『……幽霊なのに？』

珍妙なものを見る目を向けられる。幽霊が幸せを語るのは、なかなか珍しいようだ。

「幽霊になってから、幸せすぎるなと思いまして」

ひいふうみい、とナターニアは指折り数えてみせる。

「一日目は、お仕事に向かわれる旦那さまのお見送りができました。二日目は朝食をとられる旦那さまを眺めて、邸宅中の探検もできました。そして今日はこうやって――、なんと、旦那さまと向かい合って馬車に乗っておりますわ！」

ばばばん、とナターニアが両手で示す先には、馬車に揺られるアシェルの姿がある。

そう、ここは侯爵邸ではない。王都へと向かう馬車の中だ。

彼が王都に行こうとしているのを聞きつけたナターニアは、もちろん勝手についていくことに決めた。

スーザンも別の馬車に乗っている。馬を休憩させる際に、一度彼女にも話しかけに行こうと思っている。

(お猫さまは、スーザンが何かを隠していると言っていた……)

でも、実はナターニアはあまり気にしていない。

誰にだって隠し事はある。スーザンが隠すのであれば、きっと何か事情がある。むやみに探る必要はないと思っていた。

(話したくなれば、自分から言いだしてくれるでしょうし)

それでいったん、思考を切り替えることにする。

ナターニアはそぅっと、正面席のアシェルを見つめる。

窓の外を眺めるアシェルは、今日も無表情だが、ナターニアの目にはどこかぼんやりしているように見える。

辺境の地から王都までは、馬車で片道五時間もかかるのだが、使用人に言いつける内容を聞いた限り、アシェルは用事を済ませたらとんぼ返りする予定のようだ。

(お仕事熱心な旦那さまらしいです)

せっかく王都に行くのならば、観光や食事を楽しんでもいいはずなのに、アシェルは自分を甘やかす術《すべ》を知らない。そんな不器用なところも、ナターニアには愛《いと》おしく感じられる。

「って、大変ですわ!」

ナターニアの隣で丸くなっていたお猫さまが、慌てて顔を上げる。

『ど、どうしたの⁉』

「旦那さまとお互いの膝同士が当たってしまいそうなのです。破廉恥ですわっ」

『……いや、透けてるから当たらないよ』

「お猫さまったら、意地悪！」

きゃあきゃあと、やっぱり町娘のようにはしゃぐナターニアを、お猫さまは生温かく見守っている。

石畳の路を進む車輪が、ガラガラと音を立てる。そんな音が気に掛からないくらい、幽霊のナターニアは今日も元気だ。

（今日は、夢でも旦那さまにお会いできましたし……！）

厳密には夢ではなく、記憶の整理が行われているのだとお猫さまは言っていた。それでもナターニアにとって、アシェルが登場するのであれば、それこそ夢のように幸せな出来事になるのだ。

（それにこうして一緒の馬車でお出かけできるなんて、本当に夢のようです）

病弱なナターニアは、アシェルに嫁いでからもずっと邸宅で療養していた。

新婚旅行どころか、二人きりでデートに行ったり、庭園を散歩することすらできなかった。致し方ないと分かっていても、どれほど心残りだったことだろう。

頬を赤らめるナターニアの目の前で、アシェルはときどき、思いだしたように瞬きをする。

ナターニアは熱心に、そんなアシェルを見つめてみる。宝石のように赤い瞳が、何かの奇跡で自分のことを見出してくれるかもしれないと――そんな期待を、ほんのりと抱いて。

けれど。

こんなに近くにいても、どんなに見つめても、アシェルと視線が交わることはない。

(旦那さまとお話しできたら、もっと、素敵なのに……)

アシェルはあまり口数の多いほうではないから、会話は弾まないかもしれない。

でも二人で窓の外に目をやって、木々に止まった小鳥たちを、野に咲く花を眺める時間は、きっとかけがえのないものになったはずだ。

そんな風に、二人で時間を刻んでいきたかった。

否、本当は――。

『ナターニア、訊いてもいい?』

我に返ったナターニアは、「なんでしょう?」とお猫さまに返す。

お猫さまは大きな耳をぴくぴくと動かしながら、ナターニアではなくアシェルのほうを見ている。

『アシェルって、どんな人なの?』

お猫さまは、アシェルの人となりを気にしているようだ。

しかしそれも無理はない。アシェルは無口な人だし、ひとりきりの馬車だからと気を抜いてぺらぺらと独り言を喋るような人でもない。

懇意にしているマヤが現れたときさえ、口数は少なかった。そんなアシェルを、どう語ったものだろうとナターニアは小首を傾げる。

「一言でいうなら、優しすぎる方ですわ」

『それは聞いたけどさ……ぼくの目からは、そう見えないんだよ』

お猫さまは言いにくそうにしながら、そうこぼす。

「そうですわよね。旦那さまの優しさは分かりにくいですから」

否定するでもなく、うんうんとナターニアは頷いた。

「お猫さま。実はわたくしですね、小さい頃に一度だけ旦那さまにお会いしたことがあるのです」

『え？　そうだったの？』

意外そうに、お猫さまが目を丸くする。

『てっきり、その……政略結婚的なやつだと思ってた』

「はい、まさに政略結婚的なやつです」

『政略結婚的なやつなんだ』

ナターニアは笑みを深めた。

「それは、事実なのですが」

ガラガラと、車輪が大きな音を立てる。

「旦那さまは本当に、優しすぎて損をする方なのです。優しすぎるゆえに……ナターニア《わたくし》という貧乏くじを引かされたのですから」

それから、ゆっくりと語りだす。


――ナターニア・フリティは、公爵家の長女として生まれた。

長年、子どもに恵まれなかった公爵夫妻にとって、年老いてからようやく授かったナターニアは待望の初子であった。

だがナターニアは健康な子ではなく、一般的な赤子の半分の体重で生まれた。それだけでなく、生まれつき呼吸器と心臓に疾患があって、どんな名医を呼んでも、症状をわずかに和らげることしかできなかった。

ナターニアの記憶の中で、両親はいつも笑っている。しかしそれは、自分の前でだけ努力して作られたものだと、ナターニアはよく知っていた。

そんなある日のこと。

ナターニアが十歳になった頃、公爵家に客人が訪れた。

はるばる辺境からやって来た彼らはロンド侯爵家と名乗った。フリティ公爵家と古くから付き合いのある家で、しばらく滞在するという。

ナターニアより三歳年上の、アシェルという名の子息も一緒である。どこか厳格そうな雰囲気を持つ三人に、ドキドキしながらナターニアは名乗り、テラスで開かれたお茶の席に同席した。

しかし貴族家同士の交流の場など、子どもには退屈なものだ。

父親たちは隣のテーブルで、明日の狩りの段取りについて話しているし、母親たちは宝石や装飾品、流行りの髪型の話で別々に盛り上がっている。

話についていけないナターニアは、ただ大人しく微笑んでいる。

「ナターニア、今日は調子がいいのね」

ときどき、母が嬉しそうに声をかけてくる。

「はい、お母さま。お話を聞いていると、勉強になることばかりです」

にこにこしながら返せば、侯爵夫人がうっとりと溜め息を吐いているのが目に入った。

（そう。上手にできたわ、ナターニア）

鏡の前で何度も練習した笑顔は、今もナターニアの顔に一分の隙もなく貼りついているはずだ。

公爵家の人間である以上、ナターニアは病弱であることを言い訳にしようとは思わなかった。むしろ公の場に出る機会が限られた自分は、どんな家の令嬢よりも礼儀正しくあるべきだと考えている。

両親は無理をしないようにと言ってくれたが、ナターニアは家庭教師の厳しい教育の下、淑女としての振る舞いを学んでいった。勉強の日の夜には、たいてい熱を出して寝込んだけれど、一度も弱音を吐いたことはない。

「すみません。わたくし、お花摘みに行ってまいります」

頃合いを見計らい、ナターニアはそう言って席を立った。

「笑顔も可愛らしくて、礼儀作法もしっかりとしていて、素晴らしいご令嬢ですね」

「そうなの。病気がちなんだけれど、いつもナターニアは笑顔を絶やさない子なのよ」

「遊びに来た子どもは、あの子と話すと心が洗われるようだとみんな口を揃えて言うからな。まるで天使と話しているようだと」

両親が自慢する声を背に浴びながら、ナターニアは聞こえない振りをしてその場を早足で離れる。

「それで、ロンド侯爵。アシェルくんとは歳も近いし、もしそちらがいいと言ってくれるなら、ナターニアと結婚させてはどうかと思うんだが——」

——ごほっ。

庭園から離れ、柱の陰に隠れたナターニアは咳をする。

ごほっ、ごほっ、と咳き込みながらも、その音が誰かの耳に届かないよう、素早く白いハンカチで口元を覆った。

咳をするたびに、身体のどこかに痛みが走る。目の前がちかちかと明滅する。肺のあたりが苦しくて、呼吸をするのだって辛い。

どんなに咳をしたって、痛みは空気の塊《かたまり》として取りだすことはできないのだ。

（スーザン。スーザン……）

心の中で、ナターニアは侍女の名を何度も呼ぶ。でも、いつも傍についていてくれるスーザンは近くにはいない。両親は、スーザンを他の貴族の目に触れさせるのを嫌うのだ。

柱に背中を預けて座り込んだナターニアは、ごほごほと咳き込み続ける。両目からはぼろぼろと涙が溢《あふ》れる。

苦しい。うまく息ができない――。

「おい」

背後からの呼び声に、ナターニアは努力して咳を止めた。

慌ててハンカチで濡れた目元を拭ってから、のろのろと振り返る。

そこに腕組みをして立っていたのは、アシェルだった。

短い黒髪をした彼は、今までナターニアが見てきたどんな子どもよりも背が高く、凜《りん》としていた。

そして、冷たい目をしていた。お茶の最中、目が合って一度だけ笑いかけてみたけれど、それも素っ気なく無視されている。

（どうして、彼がここに？）

ナターニアは混乱した。

すっかり蒼白になった顔色は、隠せていないだろう。もっと化粧を厚塗りするべきだったかもしれない。ナターニアは悔やみながら、なんとか呼吸を整えて口を開いた。

掠れた、聞き取りづらい声が喉から漏れる。

「……アシェルさま、どうかされましたか？　お手洗いなら、こちらの角を、右に――」

「苦しいなら、苦しいと言え」

ナターニアは、驚いて固まった。

だが数秒後には動きだして、のんびりとした笑みを浮かべる。

「言いません」

回答を聞けば、アシェルが不可解そうに眉間に皺を寄せる。子どもらしからぬ、思い悩む研究者のような表情だ。

「どうして、無理をして笑う必要がある？」

「お母さまたちが、安心するからです。笑顔は、素敵な、魔法です」

にっこりと、口角をつり上げてナターニアは笑う。アシェルは侮蔑《ぶべつ》のこもった目で、そんなナターニアを見下ろしている。

「ハッ。痛みも苦しみも、帳消しにできるって？」

「いいえ。痛みも苦しみも、誰からも隠せちゃうのです」

笑顔の魔法を使っても、青白いナターニアはその場に座り込んだままだけれど、人前ではできる限り自然に笑うのだ。健康を装って、なんでもない振りを続けるのだ。

そうすれば、消えない苦痛だってなかったことにできる。今日は調子がいいようだと、相手を安《あん》堵《ど》させることができるから。

その言葉を聞くなり、アシェルは下唇を噛んだ。

そうしてずんずんと勢いよく近づいてきたかと思えば、ナターニアの前に片膝をつく。

向けられた伶俐《れいり》な眼差し。表情は怒っているように見えた。それなのにその声音は、とても静かで淡々としていた。

「誰かに、何か言われたのか。そうするように強制された?」

「違います。……わたくしが、自分で決めたのです」

言い聞かせるように、ナターニアははっきりと言う。

アシェルは何か言いたげに口を開いたが、頭をがしがしとかくと、ナターニアに背を向けてしゃがみ直した。

背に回された両手が、ひらひらと蝶のように動く。

「ん」

「……え?」

「早くしろ」

「……ええと」

その仕草がどういう意味なのか、ナターニアにはさっぱり分からない。

「おんぶしてやる。どうせ自分じゃ歩けないんだろう?」

「おんぶ……」

戸惑いながら、ナターニアは柱に手をついて立ち上がる。

アシェルの肩におずおずと両手をついてみる。

「背中にもたれかかれ」

「は、はい」

それからはあっという間だった。

ナターニアのものより大きな手のひらが、ドレスの布越しに膝裏に回される。きゃっ、と上げかけた悲鳴をナターニアは喉の奥に呑み込んだ。

「部屋はどこだ」

「えっと、あ、あっちです」

ナターニアは指さして、行き先を誘導する。アシェルは大人しく、ナターニアに操縦されて進みだした。

部屋に向かう途中、何人かの使用人とすれ違う。しかし彼らの表情はにこやかだった。

誰も、ナターニアの体調が悪いからおんぶされているだなんて思っていない。子ども同士の可愛らしい遊びだと見守っているのだ。

そんな風に、アシェルのおかげで演出できた。彼自身は、そんなことを言ったら怒るかもしれないけれど。

「重くはないですか？」

「軽すぎるから、もっと肥えろ」

「……言い方が、乱暴です」

ナターニアはアシェルの首に、腕を回した。彼の背中は温かかった。拭ったはずの目元に涙がにじむくらいに。

やがて、アシェルはナターニアの部屋へと到着した。器用に片手だけでドアを開けてみせる。

薄暗い部屋のベッドに、ナターニアはそっと下ろされた。横になったナターニアは、小さな声で謝った。

「アシェルさま、ごめんなさい。迷惑をかけて」

「目障りだから運んだだけだ。謝られる筋合いはない」

突っぱねるような物言いに、ナターニアはくすりと笑う。

「……なぜ笑う」

「すみません。なんだか、新鮮だったものですから」

ひとりでは満足に生きられないナターニアは、たくさんの人に謝罪しながら過ごしてきた。

両親や、世話をしてくれるスーザン。屋敷の使用人たち。

誰かに助けられるたび、迷惑をかけるたび、謝罪を口にしてきた。それが当たり前のことだった。

でもアシェルは、ナターニアの謝罪を受け入れてはくれなかった。

（それなら今、相応しい言葉は、何かしら）

それと、相応しい表情は——なんて、ぐるぐると考えるのをナターニアはやめた。

そうではない。きっと、もっと単純でいい。

目障りだから運んだだけだと、アシェルは言った。

そんな彼の行為が、ナターニアにとってはありがたかった。

ならば言うべきことは、ひとつではないか。

「では、あの。……アシェルさま。ありがとう、ございます」

そう口にしたナターニアは、笑みを浮かべていた。

それは苦痛を隠すための、上品に取り繕われた笑顔ではない。ただ感謝の気持ちを伝えるための、道ばたに咲いた野花のような素朴な笑顔だった。

アシェルが目を見開く。

「……ああ」

彼はそれだけ言って、すぐに目を逸らした。

それが照れ隠しだと、ナターニアは気がついた。その不器用な仕草に、なぜだかとくりと鼓動が高鳴っていた。

そのせいだろうか。ナターニアが、考える前に口を開いていたのは。

「今から、つまらない身の上話をします」

「前置きからしてつまらないな」

「わたくし、誰とも結婚できなさそうです」

口にしながら、ナターニアは自分でも信じられない思いがした。

(誰にもこんなこと、話したことはなかったのに)

まるで結婚という儀式を知らない幼子《おさなご》か何かのように振る舞うことで、ナターニアは自分を守ってきた。それを、初めて会った少年相手に口にするなんて。

ふん、とアシェルが鼻を鳴らす。手触りのいい毛布を、身体の上にかけてくれる。その手つきが存外優しいことに、本人すら気づいていないのかもしれない。

「結婚なんて下らない。ただの貴族同士の契約だ」

「数日前に、両親が話しているのを聞いてしまいました。わたくし、成人するまで生きられないそうです」

アシェルが息を呑んだ気配がしたが、ナターニアは続けた。

「それで、どこにも嫁がせずに死なせるのは、かわいそうだと」

両親は隠し通すつもりだっただろうが、その日、少しだけ調子が良くて部屋を出たナターニアは、交わされる両親の会話を立ち聞きしてしまったのだ。

母は若くして死んでしまう娘を、せめて看取ってやるのが自分たちの義務だと涙ながらに言ったが、父の意見は違っていた。

結婚せずに死ぬのは不幸だとされる社会だ。ナターニアが不幸せな娘として死んでいくのが、父は心苦しかったのだろう。

あるいは、恥ずかしかったのかもしれない。

(もう少し早く死んでいれば、両親の悩みの種にもならなかっただろうけど)

しかし、誰もナターニアをほしがりはしない。

病弱だが美しいと評判の娘。だが、美しいだけで手が出せず、社交界にも連れていけない娘に価値はない。

公爵家は甥が継ぐことが決まっているし、公爵家に恩を売れる以外にはなんの得もない。だから辺境の地から呼びだした侯爵家に、両親はナターニアを押しつけようとしている。

「だから……アシェルさま。さっきの話、忘れてくださいね。ごめんなさい」

アシェルはお茶の席を抜ける前に、耳にしたはずだ。両親からの申し出を。

力なく笑うナターニアを、アシェルは食い入るように見つめている。

「結婚したいなら、俺の……」

アシェルが何かを呟いているときだった。

コンコン、とドアがノックされる。弾かれたようにアシェルが振り向いた。

「お嬢様?　いらっしゃいますか?」

「スーザンだわ」

アシェルの反応は早かった。

窓枠に手をかけたかと思えば、アシェルはひらりと身を躍らせて窓から外に出て行ってしまった。

部屋に取り残されたナターニアは、ぽかんとしていた。慌てて立ち上がろうとする前に、しびれを切らせたスーザンがドアを開ける。

「お嬢様！」

駆け寄ってくるスーザンに、ナターニアは顔を向ける。

「ねぇスーザン。窓の外を見てくれる？」

「窓の外、ですか？」

よく分からなそうに眉を寄せるスーザンだが、ナターニアの言う通り窓辺から外を確認してくれる。

「特に、おかしなものはありませんが……」

つまり、アシェルは無事に逃げおおせたということだ。

「驚いたわ。二階から飛び降りるなんて、本に出てくるヒーローみたいね」

こっそりとした呟きは、スーザンには届かなかったようだ。彼女はベッドまで寄ってくると、ナターニアの頭を軽く撫でた。

「数分置きにお茶会の席をこっそり見ていたのですが、急にお姿が見えなくなったものですから……心配しました。体調はいかがです？」

ナターニアは、なかなか答えない。

「お嬢様？　頬が赤いですよ、やはり熱が」

「ううん、大丈夫よ。ねぇスーザン」

「なんです？」

「なぜかしら。さっきまであんなに苦しかったのに、今は少しだけ呼吸が楽なのよ……」


『……それが、二人の出会い？』

お猫さまの問いに、ナターニアはこくりと頷く。

ブルーサファイアの瞳は、数分前からアシェルだけを見ている。

「あんなに冷たい目で見つめられたのは、初めてだったのです。わたくしはあの日から、彼のことが忘れられなくなってしまいました」

誰もが、ナターニアを見ると労りの目を向ける。

病気でかわいそう。外で遊べないなんてかわいそう。ふつうの子どもじゃなくてかわいそう。

かわいそうな生き物には、誰もが優しく接してくれる。

だが、アシェルは違っていた。彼はナターニアに理由を聞いた。苦しさを隠す理由。無理をして笑う理由。

形ばかりの共感も、同情もしなかった。

アシェルはナターニアのことを、対等なひとりの人間として見てくれた気がした。

『その出来事がきっかけで、二人は結婚したの？』

「いいえ。わたくしにとっては大きな出来事でしたが、旦那さまはきっと忘れていたと思います」

というのも、アシェルの両親はその翌年に事故で他界している。アシェルは弱冠十四歳にして、侯爵家を背負う立場として立たされることになったのだ。

その苦労は並大抵のものではなかっただろう。アシェルは後見人となった叔父と揉め、果ては刃傷沙汰《にんじょうざた》にまで発展した。歴史あるロンド侯爵家の醜聞《しゅうぶん》として、新聞で面白おかしく騒ぎ立てられた事件だ。

しかしアシェルに罪はない。叔父は未成年であったアシェルをうまく丸め込み、侯爵家の財産を着服しようとしていた。聡明なアシェルはその愚かな行為に気がつき、叔父を領地から追放したのだ。

そうして辺境の地で多忙で切羽《せっぱ》詰まった日々を送るアシェルと、王都で暮らすナターニアの人生は、二度と交錯しないはずだった。

すべてが変わったのは、母の一言がきっかけだ。日々弱っていくナターニアを目の当たりにして、追い詰められた彼女は幼い頃の口約束を思いだした。

『そうよ、アシェル・ロンド侯爵とナターニアは、結婚の約束をしたじゃない』

数年前の口約束に縋《すが》るようにして、母は長年連絡を取っていなかった侯爵家に長い手紙を送った。結婚を申し出る手紙。アシェルからは、ただ了承の返事があったという。

「お父さまたちを悪く言いたいわけではありませんが、結婚の契約条件はひどいものだったようです」

『どんな内容だったの？』

「わたくしに、妻として、女主人としての責務を一切求めないように、と」

邸宅を仕切ることも、使用人を采配することも、領地の運営を手伝うことも。貴族家の女主人となる以上、必要とされるそれらの役割をナターニアはひとつも果たせないからだ。

また寝室も必ず別にするように、と契約条項にあったようだ。こうして一方的に告げられた条件の数々を、アシェルは文句のひとつも言わずに受け入れた。

『そうは言っても、ナターニアは公爵家の令嬢だったわけでしょ？　いやな言い方だけどさ、アシェルには、ナターニアと結婚する上で得があったんじゃないのかな』

「もちろん嫁入り道具は持参しましたが、金銭的な援助はほとんどなかったと聞いています。わたくしは、詳しくは教えてもらえませんでしたが」

ナターニアに分かるのは、ひとつだけだ。

「寝たきりの女と結婚しろと言われて、あの方は頷いたのです。……ね、優しい方でしょう？」

(こんなわたくしを娶ってくれた、たったひとりの男の人)

どんな気持ちでアシェルがその決断に至ったのか、ナターニアは知らない。

彼なりに、王都での影響力が強い公爵家を味方につけるという思惑があったのかもしれない。両親が亡くなって失った親交を取り戻すつもりだったのかもしれない。

だとしても、アシェルの決断によってナターニアが救われたことに変わりはないのだ。

『でも。でもさナターニア。アシェルは、あの男は……』

お猫さまが何かを言いかけたとき、馬車が停まる。

「着いたようですわね」

アシェルに続いて、ナターニアは踏み台を使って地面へと降り立った。

今となっては懐かしく感じる、白亜の屋敷。

目を細めて見上げるナターニアの後ろで、お猫さまが呟く。

『ここは？』

――この家をずっと、真綿でくるまれた牢獄のようだと、そう思っていた。

だからナターニアは、この場所から連れだしてくれた人に心から感謝している。

「ここが、フリティ公爵家……わたくしの生まれた家です」

公爵邸に着いたアシェルは、真っ先にドローイングルームへと通された。

ちょうど昼間の時間帯で、公爵夫妻は食事中だったようだ。少し待たせることを申し訳なさそうに執事が告げてきたが、アシェルは気にした素振りも見せなかった。

『ナターニア、どうする?』

「そうですわね……一度、スーザンに会いに行ってみましょう」

アシェルを王都に呼んだのは公爵夫妻だ。スーザンが同行したのは、アシェルが従者を通して一声かけてくれたからだった。

捜して間もなく、ナターニアはスーザンを見つけた。

スーザンは廊下の片隅にいた。居心地悪そうに佇んでいる。

ナターニアがロンド家の人間として死んだように、ナターニアの侍女であるスーザンにとっても、この家はすでに帰るべき場所ではない。

以前過ごしていた地下の侍女部屋や、あるいはナターニアが過ごしていた部屋を訪ねる権利は、もうスーザンにはないのだ。

だから時間を持て余して、ただ立ち尽くしているのだろう。

(声を……かけられない)

何を言ってもスーザンを傷つけてしまうような気がして、ナターニアはお猫さまに向かって首を横に振る。

幽霊は、足音がしない。その場にいたことも、その場から去ることも、スーザンには知られない。

（この家には、探検してみたいところもない）

スーザンと同じだった。ナターニアにも、行くところがない。

一年前まで過ごしていた部屋。両親と話したシッティングルーム。

入れ替わり立ち替わり現れる、名ばかりの友人たちと短い時間を過ごしたサロン……それらに少しも愛着を持っていないからだ。

（わたくしは、とんだ親不孝者ですね）

数分でドローイングルームに戻ると、ちょうど公爵夫妻が姿を見せたところだった。

着飾った老齢の紳士と淑女は人好きのする笑みを浮かべていたが、アシェルは無表情のまま応対している。

「よく来てくれたな、ロンド侯爵」

「はい」

「あの子の葬式以来だから……もう半月ぶりになるのか」

どうやらナターニアの葬式には、二人とも参列してくれたようだ。老齢の両親が、辺境まで馬車で向かうのは大変だったことだろう。

久しぶりに見る父と母は痩せ細っていて、ナターニアの目にはずいぶんと小さく見えた。昨年結婚式を挙げたときには、そんな風に感じなかったのに。

三人が席につく。

ナターニアは空いたアシェルの隣にちょこんと座り、お猫さまはテーブルの上で珍しく伏せをする。

広い部屋に沈黙が満ちていくのを嫌ったように、公爵が口を開いた。

「本当にすまなかった。君には重い荷物を背負わせたな」

公爵が大きく頭を下げる。

「でも……あの子、きっと幸せだったと思います。侯爵の花嫁になれて」

夫人の目には涙が浮かぶ。それを白いハンカチで拭っている。

アシェルは言葉を返さなかった。黙ってテーブルのあたりを見つめている。言葉を選んでいる様子はなく、そもそも口を開く気がないようだった。

ナターニアもまた、二人を見つめた。

涙と謝罪。アシェルに対して申し訳ない、という態度を貫く公爵夫妻を。

「二人とも、憑《つ》きものが落ちたような顔をしていますね」

『え?』

ナターニアの呟きに、お猫さまが反応する。

『ぼくには二人とも、悲しそうに見えるよ?』

「悲しんでいるのは事実だと思います。でも、昔のお父さまはもっと辛そうでした」

ナターニアもまた、そうしたように。

娘の前では、いつも両親は笑っていた。

大丈夫だ。隣国で名を馳せている医者を呼んだ。この前の藪医者とは違う。次こそ良くなる。大丈夫だ、大丈夫だ、きっと元気になれる——根拠なく繰り返されるのは、彼らが自分たちに言い聞かせるための言葉だった。

そんな言葉を羅列《られつ》する両親の頬が、引きつった笑みの形に歪むたび、ナターニアは苦しくなった。

弱い身体に生まれてごめんなさい。苦しめてごめんなさい。手を尽くしてもらったのに、元気になれなくてごめんなさい。そう謝りたくなった。

でも謝り続けるばかりでは、足りなくなった。だから次は、他者から可愛らしいと形容されるような笑顔を練習するようになった。

なんにも知らない子どものように無邪気な笑みを浮かべて、二人の愛を、ありがたい贈り物のように享受《きょうじゅ》しなくてはならなかった。

そんなことが、ナターニアにできる数少ない努力のひとつだったからこそ。

「そしてわたくしも、この家に住むのが……二人と一緒にいるのが、辛かった」

『……二人のこと、嫌いだったの？』

ナターニアは、しっかりと首を横に振る。

「いいえ。好きだったからこそ、辛かったのです」

両親を愛しているからこそ、毎日の生活が辛かった。健康な子どもであったなら、彼らにそんな顔をさせずに済んだのだから。

そんな本音を口にできるようになったのは、今のナターニアが幽霊だからだ。

（わたくしの声はもう、お猫さまとスーザンにしか聞こえないから）

公爵夫妻はナターニアの死を悼《いた》んでくれている。同時に、ナターニアの死を心から悲しめることに、今はほっとしているはずだ。

『そうだったんだ』

お猫さまが深く頷く。

『だからナターニアは、アシェルのことがわりと好きなんだ』

……くすり、とナターニアは笑う。

いつだってお猫さまはナターニアの話に耳を傾けてくれる。ナターニアが胸の奥底に仕舞い込んでいた気持ちを、少しずつ引きだしてくれる。

「ええ、そうなのです。……安全な鳥籠の中で飼われる弱った小鳥だって、大空で羽ばたく日を夢見るものですから」

だから、鳥籠の外に連れだしてくれた腕の持ち主を、嫌うはずがない。

（もちろん、それだけが理由ではないのですが）

ナターニアがアシェルをどれほど愛しているか。それこそ、どんなに言葉を尽くしても足りないくらいなのだ。

「大事なことなので訂正しますが、わりと、ではなくて、わたくしは旦那さまのことが心から大好きで――」

『あーはいはい。ノロケはもういいや』

しかしぞんざいに遮られる。

そう、お猫さまはアシェル中心の話となると、まったく真剣に聞いてくれないのだった。

「そんなぁっ、もっと聞いてくださいっ、一昼夜《ちゅうや》でも語れる自信があるのです！」

『ここ数日で、耳にたこができるくらい聞いたもん』

「見たところ、お猫さまに耳たこはできておりませんから！」

スーザンもスーザンでものすごくいやそうな顔をするので、お猫さまにしかアシェルの話はできないのだ。

ひとりと一匹がわいわいと会話する間に、夫人のすすり泣く声は止まっていた。

顔を上げた公爵が咳払いをしている。

「こんなもので、お詫びになるかは分からないが……」

公爵が目配せをすると、数人の使用人が入室してくる。

何かの贈り物だろうか。彼らが手にしている書類らしき束をじぃっとナターニアは見やる。

（どうせなら鉱山の権利書でも渡してほしいのですが）

この結婚でアシェルが得たものといえば、幾ばくかの持参金だけ。両親はナターニアが嫁いだ事実を手放したりはしないので、結婚条件には遡及《そきゅう》離婚を許されない旨《むね》も記載されていた。

これでは、彼にとって失ったもののほうがずっと大きい。裕福な公爵家として、器の大きさを見せてほしいとナターニアは期待していた。

「あら……これは」

『ん？』

ナターニアが声を上げるので、お猫さまもテーブルの上を注視する。

その書類の正体に、ほとんど同時にアシェルも気がついたのだろう。

テーブルの上に運ばれてきたのは、大量の釣書《つりがき》だった。

可愛らしい令嬢たちの笑顔や立ち姿。それにそれぞれのプロフィールがまとめられた釣書の山を前に、アシェルは厳しい表情をしている。

「これは、どういうことでしょうか？」

アシェルの声は冷たく張り詰めていた。

それに、強い怒気を孕《はら》む赤い瞳。公爵夫妻は一瞬、緊張気味に視線を交わしたが、作り笑いを浮かべると和《なご》やかな口調で語りだした。

「ロンド侯爵。いや、親愛なるアシェル。私たちにとって、君は息子でもある」

「そうよ。今度こそ、あなた自身の幸せを掴んでくれていいの」

病弱な娘のために犠牲になった青年に向けての、ほんの気持ちだと。

そう訴えかける二人だったが、アシェルの表情は変わらなかった。

「私を呼びだした用件というのは、このことだったのでしょうか？」

「ああ。そうだが……」

アシェルが立ち上がる。

「そういうことであれば、帰らせていただきます」

「そんな……私たちは、ただあなたのことを思って……」

夫人は涙ぐんでいるが、アシェルはフォローのひとつも口にしない。

そのせいで、公爵は顔を顰《しか》めている。自分たちの気遣いを無下にするアシェルの態度を不愉快だと感じているのだ。

お猫さまは両者の間で視線を彷徨《さまよ》わせている。

『ナターニア、どうしよう。なんか急に険悪な雰囲気――って、こんなときに君は何やってるのかな？』

「もちろん、旦那さまの花嫁探しです！」

胃が痛くなるような空気の中、ナターニアはといえば腰を浮かし、釣書を手当たり次第に読みまくっていた。

『すごいや。ひとりだけまったくブレない！』

「うっふふ。お褒めいただき光栄ですわ」

そもそもナターニアの目的はアシェルの再婚相手を探すことだ。

この千載一遇《せんざいいちぐう》の機会を逃すわけにはいかない。公爵夫妻に感謝しつつ、素早く釣書に目を通していく。

「見てください、お猫さま。こちらのご令嬢、なんて素敵な笑顔なのかしら。片えくぼが可愛らしいわ。あっ、こちらの方は占いがご趣味なんですって。こちらの方はダンスがお得意とあります！」

騒いでいたら気になってきたのか、お猫さまも横から覗き込んできた。

「どうでしょう？　お猫さまはどなたがいいと思いますか？」

『………ぼくは、ナターニアのほうがきれいだと思うけど』

「えっ」

驚いて見つめると、お猫さまはぷいと顔を背ける。

黒い尻尾がぱしんぱしん、と左右に激しく揺れている。どうやら照れているようだ。

これにはナターニアも頬を緩めてしまう。

「お猫さまったら。褒めても何も出ませんのに！」

『うん。幽霊だからね』

揺れる尻尾の誘惑をどうにか退けつつ、ナターニアは釣書に記された令嬢の名前を記憶していく。

だが、そこでナターニアは苦悶することになった。

「ああっ、下のもどなたか開いてくだされぱいいのに……！」

伸ばした手はテーブルをすかすかとすり抜けるばかり。

というのも透き通る幽霊の身体では、釣書に触れないのだ。これでは下に積まれた分はまったく見ることができない。

（スーザン、助けて！　上の釣書をどかしてちょうだい！）

都合良くスーザンが駆けつけてくれますように、とドアのほうを見て念じてみるものの、残念ながらその兆しはない。

そもそもこの凍りついたような空気の中、呼ばれてもいないのに入室できるような豪胆な人物はいないのだが、そのあたりには気が回らないナタ一ニアである。

「すみませんが、公爵夫妻」

アシェルが厳しい顔で何かを言っている。そこに颯爽《さっそう》と割り込むナターニア。

「あ、あの、旦那さま。何かの気まぐれで構いませんので、下の釣書を広げていただけると助かります……！」

『すごいこと言いだしてる！　どんだけ釣書見たいのさ！』

「何卒よろしくお願い申し上げます、旦那さま！」

ぺこぺこと拝むナターニアの前で。

「私は誰が相手だろうと、再婚するつもりはありません」

空気を切り裂くように、鋭い言葉が放たれた。

シン、と室内が静まり返る。

そんな中、ナタ一ニアはただ呆然と、アシェルの顔を見つめていた。

「それでは、失礼します」

公爵夫妻は、呼び止める気力もないようだった。

見送る声もないが、アシェルはお構いなしに部屋を出る。

ドアが閉まったところで、ナタ一ニアは釣書を読むのもやめて、ふらふらとソファに座り込んだ。

『ナタ一ニア？　大丈夫？』

お猫さまが心配そうに声をかけてくるが、返事もできない。

未だに、胸がドキドキしている。もう鼓動を打たないはずの心臓が、激しく叫んでいる。

頬だって、真っ赤に染まっているのではないだろうか。

（わたくしに、おっしゃったのかと思った……）

あの一瞬――釣書を見ようとするナタ一ニアをアシェルが止めたかのような、そんな気がした。

もちろん、そんなはずはない。アシェルは再婚を勧めてきた公爵夫妻に向けて、断りの返事をしただけだ。

（わたくしは、余計なことを……しようとしていたのかしら？）

アシェルが再婚を望まないだろうと気づいていながら、その相手を見繕おうとしている。

ナターニアの企みを知れば、アシェルは先ほどとは比べものにならないほど、烈火の如く怒るかもしれない。

それでもナターニアは、アシェルに幸せになってほしい。

彼の幸福を、強く、祈らずにはいられない。

同じとき、アシェルは吐き捨てていた。

「――馬鹿馬鹿しい」

公爵家の屋敷から出てくるなり、荒々しい口調で言う。

彼の口元は、憎々しげに歪んでいた。

「彼女が、幸せだったわけがないだろう」

4日目

4日目

結婚をした。

いつかこういう日が来るのだと漠然と思ってはいたが、言葉にするとますます希薄に感じる。

薄っぺらい紙と、親族と、仲人によって認められた結婚。

けして盛大な式ではない。造られたばかりの小さな礼拝堂で挙げた式だった。

隣を、ちらりと見る。

七年ぶりに会ったその人は、遠くを見ていた。

視線の先を辿ると、おあつらえ向きに白い鳩が飛んでいる。

結婚生活など、未だに想像はつかないけれど——この人と、これからの人生を共にしていく。

その事実だけを、そっと胸に刻んだ。


ナターニアたちは昨夜遅くに、辺境の地へと戻ってきた。

今朝もアシェルはモーニングコーヒーを楽しみながら新聞を読んでいる。

そんな彼には、昨日までとは大きな変化があった。腕を吊る三角巾《きん》がなくなっているのだ。左腕は無事完治したらしい。植木鉢の陰から見守るナターニアは、そのおかげで今日も上機嫌である。

(それに、今日は夢見も良かったわ！)

昨日はいろいろあったものの、一年前のあの日の夢を見て、気分は弾んでいる。

「これはもう、今日はいいこと尽《づ》くしかもしれません！」

『そうかなぁ。アシェル、ぜんぜん再婚しそうにないけど？』

お猫さまの鋭い指摘に、うふふ、とナターニアは微笑む。

「お猫さまったら。結婚は本人の自由ではありませんか」

……うふふふふ、と不気味に微笑み続けるナターニア。

「旦那さまのこれからの人生は長いのですものー。七日間で幽霊妻が勝手に再婚相手を見つけてくるだなんて、身勝手すぎましたわ」

『急に常識的なこと言いだしちゃった。目標はどうしたの？』

嫁いで一年で死んだ妻として、アシェルの新しい花嫁を見つけることこそ、ナターニアのやるべきことだと思っていた。

だがその目標は、アシェル自身の言葉によって否定された。誰とも結婚するつもりがないと、彼は義両親の前ではっきり口にしたのだ。

「おそらく旦那さまは、想像していたよりも最悪な結婚生活を経験したことで、結婚そのものへのイメージが悪くなってしまったのだと思います……」

肩を落とし、悄然《しょうぜん》とするナターニア。

これればかりは自分に重大な責任がある。もっと陽気で楽しい毎日を過ごせていたなら、アシェルはあんなことは言いださなかったはずだし、再婚にも乗り気だっただろう。

「お猫さま。もしも旦那さまの再婚相手を見つけられなかった場合、わたくしはどうなりますの？」

今までは無根拠で満ちていた自信を、幽霊生活四日目にしてナターニアは失いかけている。

それに気がついたらしいお猫さまは、優しい声で言う。

『安心して。目標が達成できなくても罰とか制裁はないから』

むしろ、あったとしたら怖すぎる。

『君の未練が断ちきられれば、七日間のあと、ちゃんと天国に旅立てるからね』

何気ない言葉だったが、どこか引っ掛かる。

（わたくしの、未練）

ナターニアの未練。後悔。やり残したこと。

（旦那さまに、幸せになってほしい）

そのための具体的な方法として、アシェルの再婚相手を見つけることをナターニアは望んだけれど。

ちらりとお猫さまを見ると、黒い子猫は青い両目を細めている。

今の発言は何かのヒントなのだろうか。

お猫さまは、何かをナターニアに気づかせようとしている？

（わたくしの未練。後悔。それは…………）

「ごきげんようっ、侯爵様！」

思考を遮る甲高い声に、ナターニアは俯けていた顔を持ち上げた。

やって来たのは、本日も美しく着飾ったマヤである。

洗濯に励むメイドたちの井戸端会議を盗み聞きしたところ、なんと彼女は昨日も隣町から馬車を走らせて訪問してきたらしい。アシェルは王都に出かけていたので、悪態を吐きながらすぐに帰宅したそうだが……。

「昨日はお会いできなくて、寂しかったです！」

「ああ」

短くアシェルは答える。今日はマヤを見もしない。

視線は冷たく、口数はいつも以上に少ない。公爵夫妻に会ってから、目に見えてアシェルの機嫌は悪くなっている。

（それほどまでに、旦那さまは再婚がおいやなのね）

ナターニアはしゅんと肩を落としてしまう。

だがマヤは気がつかないのか、あるいは開き直って気がつかない振りをしているのか、また従者を呼びつけて椅子の位置をアシェルに近づけている。

しかし彼女が着席するより前に、アシェルは立ち上がっていた。

マヤは何事もなかったように、すすと滑るように横移動をしてアシェルと腕を組んでいる。

アシェルは振り払わずに、マヤの好きにさせている。二日前もそうだった。微笑みかけたりはしないものの、アシェルはマヤのことをひとりの令嬢として丁重に扱っている。

それに気づくたびに、ナターニアのみぞおちあたりがひどく痛む。

「……いいえ。いいえ！」

『ナターニア？　ど、どうしたのっ？』

お猫さまが目を見開いている。

それも無理はない。ナターニアが唐突に自分の頬をばしんと張ったものだから、びっくりしたのだ。

赤くなってひりつく頬を押さえながら、ナターニアは眉間に力を込める。

（だめよ、わたくし。羨ましいだなんて）

幽霊の分際で生者であるマヤに嫉妬するなどと、あってはならないことだ。

（そんなことを考えちゃ――いけないわ！）

ぎゅうぎゅうと両目をつぶって、頬を押さえつけて、ナターニアは一生懸命に自分に言い聞かせる。

アシェルに意中の女性が見つかり、再婚してほしいという気持ちにはなんら変わりはない。

ナターニアのせいで、前途有望なアシェルの一年間を消費させてしまったけれど、これからの彼にはもっと楽しい日々を過ごしてほしいのだ。

アシェルとマヤが腕を組む。

そうだ。大変結構、素晴らしいことではないか。

むしろもっと組んでほしい。胸だっていくらでも当ててほしいくらいだ。

「やっぱり旦那さまの再婚相手に相応しいのは、マヤ嬢かもしれませんわね。ね、お猫さまもそう思いませんか?」

『…………』

無理して声を張り上げるナターニアを、お猫さまが物言いたげに見ている。

「侯爵様。本日はどちらへ?」

マヤが甘えるようにアシェルの袖を引っ張る。

朝っぱらから洒落《しゃれ》た劇場にでも入っていきそうな、絵になる二人だったが、アシェルはしばらく何も言わなかった。

「あ、あの。侯爵様ぁ……?」

質問を無視された格好になったマヤが、頬を引きつらせている。

彼はようやく、マヤの質問を思いだしたように口を開いた。

「墓参りだ」


さやさやと小川が流れている。

流れる水の音を聞きながら、長い階段を腕を組んで上っていく二人を、ナターニアとお猫さまは後ろについて追っている。

『ナターニア。この先に侯爵家のお墓があるの？』

「ええ、そのようです。わたくしも伺ったことはないのですが……」

侯爵家に入る以上、ナターニアはアシェルの両親に挨拶したいと思っていた。

だが、墓前で祈ることをアシェルは許してくれなかった。両親の墓までは邸宅から遠いから、と。

（旦那さまは過保護というか、とにかくお優しすぎるわ）

しかし今ならば、ナターニアはスカートの裾を持ち上げて、長い階段を自力で上れる。

生前のナターニアであれば見上げるだけでひっくり返っていたであろう階段だが、幽霊のナターニアならば多少、息を切らすだけだ。

（この身体、やっぱり最高です……！）

うきうきるんるんなナターニアの前を行くマヤといえば、すでにぜえぜえと息が切れている。

そもそも良家の令嬢なら、遠出する際は必ず馬車に乗る。このように長時間、外を出歩いたりはしないものなのだ。

しかも腕を組むアシェルの足取りが速いため、マヤはすっかり疲労困憊になっている。

午前中だというのにイブニングドレスと見紛《みまが》うほど豪奢《ごうしゃ》な服装であることや、細いヒールの靴を履いているのも疲労の一因だろう。

光沢のあるドレスや装飾品は、ギラギラと太陽の光に反射してまぶしいほどだ。

「こ、侯爵様。あた、あたくし、少し疲れてしまいました」

「す、少しでいいから、休みませんこと？」

「…………」

「…………」

聞こえているだろうに、アシェルは相手にしない。

はぁ、と露骨に大きな溜め息を吐いたマヤは、汗だくの顔を引き締めると。

「へ、平気だっていうのよ、このくらい……！」

ブツブツ言いながら階段を上っていく。

（さすがマヤ嬢。ガッツがあります）

腕を解《ほど》かずアシェルについていく姿は、見上げた根性である。メイクが溶けつつあるマヤだが、ナターニアにはその勇ましさが美しく感じられる。

やはり彼女こそアシェルの再婚相手に相応しいのでは……とナターニアが夢想している間に、階段は終わりに差し掛かる。

一行は侯爵邸の裏手にある、小高い丘へと到着した。

小川の本流が流れる傍に、侯爵家の先祖の墓碑が並んでいる。

立ち止まらずにアシェルが向かう先に、ナターニアも視線を投げた。それこそ、先代侯爵夫妻が眠る場所だと思ったからだったが、予想は外れた。

ナターニアは大きく目を見開く。

「まぁっ、アネモネの花がこんなにたくさん！」

足取りも軽やかに近づいていく。

赤、白。それに特に多く植えられているのはピンクのアネモネだ。

武骨で小さな墓碑を取り囲むように。そこだけ花壇のように整えられ、色彩豊かなものだから、故人に配慮してのことだとすぐに分かる。

そして石に刻まれた名前は――ナターニア・ロンドのもので。

(どんなお墓に入ろうと、変わらないと思っていたのに)

死後も寂しくないように、ナターニアを大好きな花で囲んでくれた。アシェルの心遣いが、堪らなく嬉しく感じられる。

『うわぁ。きれいだね』

お猫さまも感心して見回している。それほどまでに花々が美しいからだ。

下の庭園にもアネモネのプランターがあったが、それとは比べものにならないほどに、墓碑の周りのアネモネは可憐に咲き誇っている。

「はい。それにまさか自分のお墓参りができるとは、思ってもみませんでしたっ」

『また変なところに興奮してるね』

お猫さまは呆れ顔だ。

「なんだか不思議な気持ちなのです。この土の下に自分の身体が埋まっている、なんて……」

言いかけたナタ一ニアは、頭上に影が差しているのに気がついた。

振り返ると、アシェルがナタ一ニアを——否、ナタ一ニアのお墓を見つめている。

正面から向かい合ったナタ一ニアは、にっこりと笑いかけた。

「旦那さま。素敵なお墓を作ってくださり、わたくしのお墓参りをしてくださり、ありがとうございます」

「……」

「ナタ一ニアは本当に嬉しいです、旦那さま」

丘の上では日除けもなく、降り注ぐ日光を全身に浴びるアシェルからの返事はない。

彼の黒い髪の毛が、生ぬるい風に遊ばれる。長い前髪の隙間から、紅色の瞳が見え隠れする。目を閉じて祈ることもなく、ただ墓碑をぼんやりと見つめるアシェルは、何を思っているのだろう。

彼の秘された胸の内を、知りたいと思う。

知ることができたら、どんなにいいだろうか。

(そんなの、幽霊でも人間でも、無理ですけれど……それでも)

墓碑に視線を落とすアシェルは、古びた人形のようだ。

この数日間、ナターニアはアシェルのことを見てきたけれど、公爵家で怒りを露わにしたときを除けば、彼はずっと似たような眼差しをしている。

どこか諦めている。疎《うと》んでいる。

それでいて何かを、切実に求めるような——。

「……………これは、なんのつもりだ?」

ナターニアは硬直した。

氷のような冷たい声。ただしそれはどうしたって、目の前に立つ幽霊に向けられた刃《やいば》ではない。

アシェルの腰に、マヤが抱きついていた。

「侯爵様。いいえ、アシェル様。ずっと二人きりになりたかったです」

頬を染めたマヤが甘い声を出す。アシェルを見上げる彼女の瞳は潤んでいた。

「アシェル様。今度こそあたくしを、あなたの妻にしてください」

「ま、ぁ……！」

驚嘆したナターニアは口元を覆う。

今のところ特に何もしていないナターニアだが、なんだかいい感じに事態が進行している。

「お、お猫さま。急展開ですわっ、どうしましょう⁉」

『お、落ち着いてナターニャア！』

お猫さまがいちばん動揺しているようで、ナターニアの名前を噛んでいる。

（お可愛らしい！）

きゅんっとするナターニアの眼前で、アシェルは大きく息を吐いている。

まるで降参するように、彼の両手は宙に浮いている。行き場がないように彷徨っている。

「とにかく、離れてくれ。言っている意味がよく分からないんだ」

「嘘です。アシェル様だって、よく分かっておられるでしょう？」

絶対に離れないというように、さらに強くマヤはアシェルにしがみつく。

そうしながらも、堪えきれないような嘲《あざけ》りの笑みがその口元には浮かんでいた。

「お世継ぎもいないのですものね。身体の弱いナターニア様は、妻としての務めも満足に果たさずに……同じ女として彼女を恥ずかしく思います」

「……っ！」

ナターニアは息を呑む。

マヤが吐いた毒は、ナターニアの胸をも貫いていた。

（そう。本当に……マヤ嬢の言う通りでした）

マヤの言い分に、なにひとつとして間違いはない。

ナターニアは志半ばにして死んだ。侯爵夫人としての務めをひとつもなし得ず、果たすべき約束さえ置き去りにして。

でもいつまでも、アシェルはナターニアへの侮蔑の言葉を口にしてくれない。嫁いですぐに死んだ妻を、責めたりしない。

だからマヤがアシェルの本音を引きだしてくれるなら、それを、ナターニアは聞く義務があるのだろう。

沈黙するアシェル相手に、マヤは艶《なま》めかしい笑みをこぼした。

彼女の指先が、アシェルの胸元を撫でる。

「アシェル様もこの一年間、何かとご不便だったでしょう？」

獲物を捕らえたと確信したのか、マヤは舌なめずりをしている。

「でもご安心くださいな。これからは、すべてのお世話をあたくしが――」

その瞬間、バシン！　と鋭い音が鳴っていた。

それがなんの音なのか、最初、ナターニアには分からなかった。

マヤが赤くなった手をもう片方の手で包むのを見て、ようやく気がつく。

アシェルが、マヤの手を容赦《ようしゃ》なく振り払ったのだと。

「……どうして？」

マヤは呆然としている。

「その汚い口を閉ざせ。お前こそ恥ずべき女だ」

侮辱を受け、その顔が一瞬にして赤く染まった。

「な、何をっ！」

「お前は以前、彼女の友人だと名乗ったな。だから今まで、数々の愚行に目をつぶってやっていたものを」

「んまぁあ！」

——と、驚きの声を上げたのはマヤではなくナターニアだ。

なんせ病弱で友人の少ないナターニア。これには舞い上がるほど喜んでしまう。

「お猫さま！　マヤ嬢がわたくしを友人と言っていたのですって！」

『ここ、絶対はしゃぐ場面じゃないから！』

緊張した面持ちのお猫さまが注意を飛ばす。

「そ、そうですわよね」

アシェルの発言の意味を、しょんぼりしつつナターニアはちゃんと考える。

（ええと、ええと）

つまり。

アシェルがマヤを尊重し、丁重な扱いをしていたのは――マヤのことを、ナターニアの友人だと思っていたから？

（……え？　それって……）

「この毒蛇め。二度と我が家に這入り込むな。妻を愚弄《ぐろう》するな。次に妄言を口にしたときは、その赤い舌ごと引き抜いてやる」

「……っ」

ナターニアが戸惑う間にも、アシェルは辛辣《しんらつ》な言葉を投げ続ける。

だがマヤは顔を引きつらせながら、気丈にもアシェルを睨みつけた。

唾を飛ばす勢いで叫ぶ。

「し、死んだ女は、もう妻ではないでしょう⁉」

「――――」

すぅ、とアシェルの目が細められる。

全身から立ち上るのは、憤怒と呼んでは不足する明確な殺意だった。

薄い唇に冷笑が浮かぶ。見守るナターニアさえも、ぞくりと全身の肌が粟立《あわだ》つほどの迫力だった。

「貴様、よほど命が惜しくないと見える」

マヤのドレスの襟ぐりを、アシェルが無遠慮に掴んだ。

「っひ！」

首に手を添えられたマヤ。見開かれた目には涙が浮かんでいる。彼女もここまでアシェルが怒りだすなんて予想外だったのだ。

もちろん、ナターニアにとっても同じなのだが――だからこそ、冷静さも取り戻す。

（このままじゃ、いけない……！）

少しでも刺激を与えれば、爆発しそうな危うい空気。

アシェルの頭には完全に血が上っている。もしも未婚の令嬢に怪我を負わせるような事態になれば、世間からアシェルへの非難の声が続出するはず。

彼が命がけで守り抜いてきた侯爵家の名に、いらぬ傷をつけてしまう。それだけは避けなければならない。

（で、でもどうしたら。どうしたら旦那さまを止められるのっ……？）

今からスーザンを呼びに行っても間に合わない。それでも、ナターニアにできることがあるとしたら。

もはや考えている暇はなかった。

「お、お、お猫さまぁっ」

『つうん!?』

ひっくり返った声でその名を呼びながら、ナターニアはお猫さまに駆け寄った。

「本当に、あの、申し訳ございませんんんっっ！」

『え？　な、なに――』

裏返った悲鳴を上げながら、ナターニアはお猫さまの首根っこをむんずと掴む。その初めて触れる柔らかさ、温かさを味わう暇もないまま、ナターニアは投擲《とうてき》していた。

『んにゃあああぁッ⁉』

お猫さまの軽い身体が吹っ飛んでいく。

それは、ナターニアの考えが当たっていたことを意味している。

――『君が生きている人に触れたり、逆に誰かが君に触れることもできないね』

お猫さまはそう言っていた。

だがナターニアの吐息はお猫さまの耳を揺らしていた。幽霊のナターニアでも、お猫さまになら触ることができるということだ。

（そしてわたくしを監視する立場にあるお猫さまであれば、きっと……！）

ナターニアの期待を背負って、きれいな放物線を描いて飛んでいくお猫さま。

本当はアシェルの背中あたりにぶつかってもらって、彼を冷静にさせるつもりだった。

しかし何かを力を入れて投げるなど、今までやったこともないナターニアである。

うまくコントロールできるはずもなく、お猫さまの身体はその勢いのまま――マヤの顔へと激突

していた。

「ぎゃふむっ⁉」

丸まったお猫さまを喰らったマヤが、素《す》っ頓狂《とんきょう》な悲鳴を上げる。

そのまま彼女の身体は勢いよく、小川の中へ落ちていき――ざっぱーん、と嘘のような水しぶきが上がった。

「まぁ、虹……」

手で庇《ひさし》を作るナターニアの傍で、アシェルは顔に水滴を喰らって水浸しになっている。

川の中で尻餅をついたマヤはといえば、しばらく俯いたままだった。

「……おい、マヤ・ケルヴィン嬢？」

さすがに放っておくのは忍びなかったのか、アシェルが声をかける。ナターニアの見る限り、異常な事態を前にいくばくかの冷静さを取り戻したようだ。

が、一向に手は差しだそうとしない。

それに気がついたマヤが、厚い唇を震わせる。

濡れ鼠《ねずみ》になった彼女は、ひとりでふらふらと立ち上がった。

『きゅう……』

「お、お猫さまっ」

ちなみにマヤの萎《しぼ》んだスカートには、目を回したお猫さまが引っ掛かっていた。

お猫さまは裾に爪を立てることもなく、ぼしゃんと川に落ちた。大慌てでナターニアは駆け寄る。

「お猫さま、大丈夫ですかっ」

しかし抱き上げようとする前にお猫さまは目を覚まし、宙に浮き上がる。

『ちょっとナターニア！　ぼくを投げるとか、信じられな――』

「……信じられない」

お猫さまの文句に被せるようにして、マヤが地を這うように低く呟いた。

きれいに整えられていた髪の毛はすっかり乱れ、毛先からは休まず水滴がこぼれ落ちている。

マヤは、メイクがどろどろに溶けた顔をゆっくりと上げた。

『ひぃっ、幽霊いぃ！』

衝撃的な形相《ぎょうそう》を前にして、お猫さまが悲鳴を上げる。全身の毛が逆立ち、尻尾が狸のそれのように膨らんでいる。

「お猫さま、幽霊はマヤ嬢ではなくわたくしですわ！」

ナターニアもパニックになっている。

「……よくも。よくもよくも、よくも」

「あ、あの。マヤ嬢……」

おろおろするナターニアの声音を振り払うようにして、マヤは肩を怒らせて叫んだ。

「よくもっ、このあたくしを虚仮《こけ》にしてくれたわねえええぇえっ！」

ぎろり、と血走った目でアシェルを睨みつけたマヤ。

その口から、弾丸のように言葉が発射される。

「こっちは侯爵だから相手にしてやったっていうのに！　そうじゃなきゃ誰があんたみたいな陰気で根暗でなんのおもしろみもない男やもめに近づくもんですか！　バッカじゃないの、こっちからお断りよ！　二度とあたくしの視界に入り込むんじゃないわよクズ男ッ！」

捨て台詞《ぜりふ》を吐きながら、水を吸ったドレスを引きずりマヤが階段を駆け下りていく。

「ギャッ」

その途中、ヒールが折れたようで転んでいる。

マヤは脱いだ靴をそこらにぽいと投げ捨てると、アシェルに向かって舌を出した。

「バーカバカバカバーカ！」

そのあとも遠くのほうから、子どものような罵詈雑言《ばりぞうごん》が聞こえてきたが……やがて、それも聞こえなくなった。

ぽかんとしていたアシェルが、口元に手をやる。

その細身の身体が、ぷるぷると震えていた。

「……っく」

最初は耐えきれないように、一息分だけがこぼれる。

だが、三秒後には疑いようもなく。

「……く、はは。ははははは」

あのアシェルが、喉を震わせて、背中を丸めて笑っていた。

濡れそぼった髪が肌に張りついているせいか、その笑顔はずいぶんと幼く見える。

「はは。ははは……」

「だ、旦那さまったら。もう、マヤ嬢に失礼ですわよ。そんなに笑っ……」

アシェルがあんまりにも楽しそうにしているから、止めようとしたナターニアまで途中で噴きだしてしまう。

「うふふ。うふふっ、ふふっ……」

マヤに悪いと思うのだが、お腹の底から込み上げてくる笑いがどうにも抑えられない。

『ナ、ナターニア？　アシェル？』

気でも触れたかのように笑い続ける二人を、お猫さまは困ったような顔で見つめている。

「な、なんなんだ。いきなり触ってきたかと思えば、自分で川の中に吹っ飛んでいって」

「ち、違いますの。あれはわたくしのせいでして、っふ、マヤ嬢が自分から飛び込んだわけでは」

「痴女の奇行というのは、凄まじい。はは、常人が想像もつかないようなことを平気でやってのける」

「いけません、旦那さまったら。嫁入り前のご令嬢を、痴女、などと……っ」

笑いすぎて、二人とも苦しくなって蹲る。

マヤは今まで、たくさんの自慢話をしてきた。

ナターニアの知らないアシェルのこと。ナターニアが見たことのないアシェルのこと。

（そのたび、心のどこかが、本当はすりきれていたのかもしれない）

だけど、とナターニアは思う。

こんな風に顔をくしゃっと歪ませて、声を上げて笑うアシェルのことだけは……きっとマヤも、他の誰も知らないはずだと。

——アシェルに、ナターニアの声が聞こえていないとしても。

二人分の笑い声はいつまでも重なって、丘の上をたゆたっていた。

5日目

5日目

ひとつのベッドに、二人で横たわっている。

夫婦が迎える初夜なのだから当然のことだが、自分たちの結婚には契約条件がある。一般的な夫婦のように、お互いの肌が触れ合うことはない。

そう分かっているのに……目が冴えていて、いつまでも眠れない。

騒がしい鼓動の音で、すぐ隣で眠るその人を起こしてしまわないかと不安で仕方がない。

自分に、こんなに人間らしい感覚が備わっていたことを、初めて知った。

くるりと、その人が頭を動かす。

身体ごと向きを変えたのを見て、眠れなかったのは自分だけではないことに気がついた。

青白い月光に照らしだされたその姿は、どんな芸術品よりも美しかった。

見惚れていると、形のいい唇がゆっくりと開いていく。

そして。その夜――二人だけの、約束を交わしたのだ。

『──ナターニア、顔が赤いよ』

お猫さまにそう言われ、今朝も植木鉢の陰に隠れていたナターニアは「はわっ」と頬を押さえた。

指摘された通り、そこはとんでもなく熱かった。発熱しているように。

それに心拍数のほうも大変なことになっている。

胸のドキドキが収まらない。挙動不審なナターニアのことを、お猫さまは不審げに見ている。

(でもでも、まさか、式のあとのことまで夢に出てくるなんてっ)

男の人と初めて同じベッドに入って、心臓が止まりそうになるほど騒いでいて。

あのときアシェルも起きていたなんて、いったい誰が想像できただろう?

恥ずかしくて、幸せで、ナターニアの顔からは湯気が出そうになる。

そして現実のアシェルはといえば、今日も今日とてかっこいい。

新聞をめくる彼の表情がどことなく穏やかに見えるのは、きっと気のせいではないだろう。

昨日、二人で声を上げてしばらく笑い合った。笑うアシェルは普段よりも幼げで、可愛かった。

どうしよう、とナターニアは思う。死んでからも、ナターニアはアシェルのことがどんどん好きになるばかりだ。

「うう、お猫さま。わたくし、風邪を引いてしまったのやも」

『幽霊は風邪引きませーん』

お猫さまはいつだって冷静に突っ込む。

『ていうか風邪引くならぼくのほうでーす』

しかし今日はいつもと異なりいやみったらしい。

マヤに向かって投げつけられた挙げ句、小川に落ちた件について根に持っているようだ。日付が変わるまで謝り倒したのだが、そんなことではお猫さまの気は晴れなかったのだろう。

「そ、その件については申し開きのしようもございませんんっ」

ナターニアはその場に膝をついてへこへこ頭を下げる。あのときは他に方法が思いつかなかったとはいえ、恩人であるお猫さまを物のように投げてしまったのは事実なのだ。

反省しているのが伝わったのか、そっぽを向いていたお猫さまはちらりと視線を投げてくる。

『……ま、いいけどね。でも二度とぼくに触っちゃだめだから』

「えー」

『えーじゃなーい』

ぴくぴく動く耳やヒゲはいつだって魅力的で、ナターニアを誘惑する。

それにお猫さまはたいていの場合、宙に浮いているので、ぷにぷにとした小豆《あずき》色の肉球も見え隠れするのだ。その威力はものすごい。

「これでは、生殺しというやつです……！」

『もう死んでまーす』

お猫さまは辛辣で的確だ。

じたばたするナターニアは、ダイニングルームをこっそりと覗く人物に気がついた。

「あら、スーザン！」

呼びかけると、スーザンがびくりと震える。

午前中はいつもアシェルの傍にひっついていると伝えてはあったが、急に話しかけたのでびっくりさせてしまったようだ。

慌てて頭を引っ込めるのは、アシェルに気づかれるのを恐れたからだろう。

廊下に出たスーザンについていったナターニアは、朗らかに話しかける。

「スーザン、どうしたの？　旦那さまに何か用事？」

「あ、いえ……」

お仕着せ姿のスーザンが目線を泳がせる。

「あの、奥様は、いつまで現世に留まることができるのですか？」

そういえば、スーザンには協力をお願いするばかりできちんと説明していなかった。

（わたくしったら、抜けてるんだから）

よくよく考えずとも、早めに伝えておくべきことである。

「ええとね。ここにいられるのは七日間だけだから……今日を入れてあと三日だけなの」

言葉にすると、急に心許《こころもと》ない気がしてナターニアは苦笑した。

自分でも現金だとは思う。最初、七日間と聞いたときは、またアシェルに会える奇跡だけでじゅうぶんだと感謝していたのに。

今は七日間では足りないと思ってしまっている。もっとアシェルの傍にいたいと、執着する気持ちが捨てられない。その思いは、刻限が迫るほどに大きくなっているようだった。

スーザンは黙ったままだ。

大事なことを伏せていたから、怒っているのかもしれない。ナターニアは両手を振りながら付け加えた。

「伝えるのが遅くなって、ごめんなさい。最初に言うべきだったわよね！」

ナターニアがいなくなってから、泣いてばかりいたスーザンだ。

きっと別れを惜しんでくれているのだろう。そう思うと、ナターニアまで涙ぐみそうになったが。

（……あら？）

スーザンは、怒っていなかった。

それに悲しんでもいないようだった。

注視してようやく分かるほどの小さな微笑みが、口元に浮かんでいる。

しかしスーザンは、すぐに唇を引き締めた。

「再婚相手については、引き続き探されますか？」

笑みは、表情が変化する過程に過ぎなかったのだろうか。少し引っ掛かるものを覚えながら、ナターニアは「いいえ」と首を横に振った。

「ごめんなさい、スーザン。それはもういいの」

すでにナターニアは、アシェルの再婚相手を見繕う気をなくしていた。

アシェルは両親に向かってそれを否定したし、マヤのことも振り払っていたからだ。この期《ご》に及んで、再婚してほしいと願うのは独りよがりだろう。

(わたくしは旦那さまに、幸せになってほしかった)

そのために短絡的に考えたのが、彼の再婚相手を見つけるということだった。

でも、違う。本当の願いは、そんな他人任せのものではなかった。

アシェルを誰かに譲りたいなんて、一度だって思ったことはない。

(他の誰でもない――わたくしが、旦那さまを、幸せにしたかったの)

「……どうしてわたくしは、死んじゃったのかしら」

ぼそり、とナターニアは独り言をこぼす。

医者が下した成人を迎えられないという診断を、ナターニアは乗り越えた。

だからこそ――その先の未来を、アシェルと共に生きていこうと決意していた。明るい未来を思い描いていた。

「部屋の中を歩いて、苦手な食べ物もたくさん食べて、がんばったのにね」

(神様なんて、いないけれど)

もしいるのだとしたら、とんでもなく意地悪だと思う。

生きる希望も何も見出せなかったときに、ナターニアの命を奪ってくれれば良かったのだ。アシェルに出会っていなければ、ナターニアはここまで後悔なんてしなかっただろう。

おかしくなって、口元だけで微笑む。

（あと三日間で、後悔を振り切ることなんてできるのかしら？）

むしろ未練は募るばかりで、ますます後悔だらけになっている気がするのに。

そうしてアシェルのことを考えるナターニアは最後まで気がつかなかった。小さな独り言を耳にしたスーザンの顔が、真っ青になっていることに。


今日は外出することなく、アシェルは執務室で書類と向かい合っていた。

その姿を、頬に手を当てたナターニアはカーテンの裏に隠れて何時間も見守る。ひっそりと見守る。何時間見ていても飽きることはないからだ。

「はあぁ、何をしていても旦那さまは本当にかっこいいです……」

『それは分かったけど、せめて椅子に座ればいいんじゃ……』

ナターニアの奇行の数々にそろそろ慣れただろうお猫さまだが、それでも気になるようだ。

「でもお猫さま。カーテンに隠れて夫の仕事ぶりを見守ることのできる妻は、あまりいないと思うのです。わたくしはとても貴重な体験をしているのではないでしょうか」

『まぁ、それはそうかも』

大人しく認めるお猫さま。

『だってそれ、不審者のポジショニングだもんね』

「お猫さまったら！」

くすくす笑うお猫さまは、ナタ一ニアに寄り添うように窓辺に座っている。

穏やかな日射しを全身に浴びながら、ナタ一ニアは目元を和ませた。

「お仕事をする旦那さまに、お茶やお菓子を差し入れたりしてみたかったです。旦那さま、集中されるとほとんど休憩を取られないから」

『それも、ナタ一ニアの後悔？』

「はい」

窓から入り込んできた風に、ナタ一ニアの長い髪が揺れる。

窓辺に置かれた硝子の花器には、揺蕩《たゆた》うようにアネモネの花弁が浮かんでいる。

「それに自分の手で花を育ててみたかったです。きれいなお花を」

『それも、後悔？』

「はい、後悔だらけです。でもわたくし、幸せなのです」

（たぶん、いつ死んでしまったとしても同じなんだわ）

こんな風にしてみたかった。こんなことがやりたかった。

ナターニアだけではない。若くして命を失った人も、老衰で亡くなった人だって、もっともっと、やりたいことがたくさんあったはず。

(でも、生前のわたくしもけっこうがんばったんじゃないかしら)

辛くても、苦しくても、めげなかった。生きることを投げだしたりしなかった。

むしろ最後まで、生きることにしがみついていた。誰よりも執着していた。その結果、幽霊にまでなってしまったのだ。

そうして地上に舞い戻ってきたナターニアは、喉から手が出るほどほしがっていた丈夫で健康な身体まで手に入れられた。

(何もできない自分を、ずっと情けないと思っていたけれど)

でも、ほんの少しくらいは褒めてあげてもいいのだろうか――。

『ナターニア、何を考えてるの?』

ふいにお猫さまに問いかけられ、ナターニアは黙り込んだ。

今、心に思い描いたことを口にするのは簡単なことだ。きっとお猫さまのことだから、柔らかい言葉と態度でナターニアの思いを受け止めてくれることだろう。

けれど、忘れてはいけない。

ナターニアが約束を果たせず死んだ事実は、変わらないのだから。

「えっと、ですね。……内緒です」

『なんだよー』

不満そうに、お猫さまの尻尾が窓枠をぺしぺしと打つ。

その様子を微笑んで見つめながら、ナターニアは考える。

（やっぱりわたくしの後悔は、この七日間では拭えない……）

そう理解した上で、限られた時間にナターニアは幸福を感じている。それが、この七日間の答えになるのだろうか。

コンコン、とドアがノックされた。夕食の時間だと執事が伝えに来たのだ。

ダイニングルームに向かうアシェルの後ろを、ナターニアはのんびりとついていく。

『ここでの定位置は、植木鉢の陰だね』

「はいっ。特に旦那さまの横顔ラインの美しさが際立つ角度ですので……！」

お猫さまは各部屋でのナターニアの位置取りにも詳しくなってきていた。

窓の外はすっかり暗くなっており、少し風も出てきている。

あと数時間もすれば、五日目の終わりだ。

（そうしたら、あとたった二日）

別れのときは迫りつつある。

「お猫さま。七日目も、やはり日付が変わるときにわたくしは消えるのでしょうか？」

『えっ。よく分かったね』

「うふふ。それほどでも！」

えへんするナターニアだが、お猫さまが存外に「気づかないと思った」と言っていることには思い当たっていない。

「それならば最終日は、旦那さまの寝室に忍び込んでお別れを伝えに――って、わたくしったら！　破廉恥すぎますわね！」

自分で言っておいて照れてしまうナターニアである。

しかし最後の瞬間くらい、しっかりとアシェルの顔を見ていたい。それもまた、ナターニアの後悔のひとつなのだから。

『まぁ、いいんじゃない？　最後の日くらい』

お猫さまはもにゅもにゅと口元を緩ませている。なんだかんだ、お猫さまはいつだってナターニアのやることに反対しないのだ。

「あら、スーザン」

ナターニアが呼びかけたタイミングで、スーザンが室内に向かってぺこりと頭を下げる。

夕食の給仕はスーザンも担当するらしい。係の者と替わってもらったのだろうか。

一瞬、見慣れない顔にアシェルは怪訝《けげん》そうにする。

だがそれが、ナターニアが実家から連れてきた侍女だと気がついたのだろう。すぐに視線を戻した。

（スーザンも、旦那さまへの考えを改めてくれたのかしら）

あまりアシェルに好感を抱いていない、もっと正しく言うと嫌っている様子のスーザンだったが、心変わりしてくれたなら嬉しい。

七日間を終えれば、ナターニアはいなくなる。でもしっかり者のスーザンが、アシェルを見守ってくれている――そう思えば、気持ちが楽になるような気がした。

食事の準備が整えられていく。

カトラリーを手に、アシェルは淀みなく食事を口に運ぶ。空いた皿は即座に片づけられ、銀色のワゴンから次の料理が運び込まれる。

「ああっ。旦那さまは、お食事する姿も優雅で素敵ですわ……！」

興奮しすぎたナターニアはそろそろ目まいを起こしそうだ。

フルーツのあとは、食後のコーヒーの時間である。

ワゴンの前で、スーザンがアシェルに背中を向けた。懐《ふところ》から小袋のようなものを取りだしている。

（……あら？）

不思議に思ったナターニアは、スーザンの傍《かたわ》らに立つ。

スーザンはコーヒーカップの中に、白い粉末のようなものを素早く落とした。

コーヒーの色が、どこか澱《よど》んだ色へと変化していく。感情の覗かない瞳で、スーザンはスプーンで中身をかき混ぜている。

……何か、いやな予感がした。

振り返っても、アシェルは気がついていない。

そもそも隠れてやっている時点で、アシェルが指示したものではないということだ。

「スーザン、それは……何？」

ナターニアは、震える喉を押さえて問うた。なるべく普段通りの声が出るよう、努力したつもりだった。

「今、コーヒーに何を入れたの？」

聞こえているはずだ。ナターニアの協力者に選ばれたスーザンならば、幽霊の声だって聞こえるのだから。

それなのにスーザンは無表情のまま、湯気の立つコーヒーを運んでいく。

スーザンの後ろをナターニアは早足で追う。

「スーザン、ねぇ、答えてちょうだい。スーザン？」

「…………」

いつまでも、スーザンは答えないままだ。

正面を見つめるだけの暗い瞳。真一文字《もんじ》に引き結ばれた唇。焦燥感のまま、ナターニアは声を上げた。

「お猫さまっ。わたくしの声は、スーザンに届いておりますわよね？」

『もちろん、そのはずだよ。でも……』

宙に浮いたお猫さまも、スーザンのことを不安そうに見つめている。お猫さまにも、この状況が理解しかねるようだ。

「スーザン。ねぇ、わたくしの声が聞こえているなら、右手の指だけ動かして合図して！」

反応はない。

聞こえていないのではなく、無視しているのだ。震える睫毛《まつげ》やぎこちなく歪んだ頬を見て、ナターニアはようやく気づいた。

テーブルの上に、ことりとソーサーごとカップが置かれる。アシェルはいつもブラックで飲むから、スプーンや砂糖はない。

なんの疑いもなく、アシェルがカップを持ち上げた。

「だ、旦那さま。飲んではだめです旦那さまっ」

焦ったナターニアは周りを見回す。

だが、近くに他の使用人の姿はない。違う。スーザンがそのタイミングを狙ったのだ。

ナターニアのすぐ後ろに、お猫さまが浮かんでいる。青い硝子玉の瞳だけが、ナターニアを捉えている。

縋るようにナターニアはお猫さまに言い募《つの》った。

「お、お猫さま。わたくしの声をどうか旦那さまに届けてください！」

『ナターニア……』

「今だけで構わないのです。ほんの数秒でいいのです、お願いします！」

『それはできないんだよ、ナターニア』

「………っ」

唇を噛み締めたナターニアは、また思いついた。

（もう一度、お猫さまを投げれば！）

そうだ。マヤのときのようにお猫さまをカップにぶつけて、中身を床に落としてしまえば。

そんなことをしたら、お猫さまやアシェルが火傷《やけど》してしまうかもしれない。そのときは何度でも謝ろう、とナターニアは思う。

何十回でも、何百回でも、何千回でもお詫びする。二人を傷つけた自分が地獄に落ちてもいい。

それでもいいからと、ナターニアはお猫さまに手を伸ばしかけたが。

「このコーヒーには、何が入っているんだ？」

カップの中身を傾けて、アシェルがそう呟いた。

ナターニアはその言葉に安堵した。アシェルはスーザンの企みに、ちゃんと気がついている。

そう思うと同時、今さらのように背筋が凍りつく。

（スーザンは、旦那さまのお飲み物に何を入れたの？）

悪意を持ってスーザンは、給仕に臨んでいたのだ。

（どうして、そんなことをするの？）

確かにスーザンは、アシェルを嫌っていたかもしれない。しかし食事に何かを盛るというのは、その領域から完全に逸脱している。

呼びかけられたスーザンの表情は硬い。

額や頬には、尋常でない量の脂汗がにじんでいる。まさかアシェルに気づかれるとは、彼女も思っていなかったのだろう。

無意識なのか、空っぽになった小袋を隠した胸元に片手で触れている。アシェルはそんなスーザンを、静かな面持ちで眺めている。

手の中で、カップを軽く揺らして。

「動機は想像がつくが」

妙に淡々としているアシェルに、ナターニアはぞっとする。

なぜアシェルはこうも落ち着いていられるのか。すぐに人を呼んで対処すべき、ゆゆしき事態のはずなのに。

アシェルは、スーザンからの答えをほしがっているように見える。そのことにスーザンも気がついたのか、重い口を開けた。

「……動機なんてひとつです。私は今まで、ナターニア奥様のためだけに生きてきたのですから」

「俺をずっと恨んでいたんだな」

「当たり前でしょう。だって――」

冷たく凍ったような瞳で、スーザンは一息で口にする。

「奥様はあなたの子を妊娠していました」


ナターニアの息が詰まる。

喉が苦しくなる。胸に鉛がつっかえる。死してなお、消えない苦痛が全身を満たしていく。

それはこの場にいる人間以外、誰も知らない秘密だった。

「だから奥様は死んだのです」

アシェルは否定しなかった。

それどころか眉間に皺を寄せて、わずかに頷くようにした。

「そうなんだろうな」

「……違います」

アシェルの肯定を、ナターニアは即座に否定する。

二人分の声が聞こえたスーザンは、ぴくりと目蓋《まぶた》を震わせる。

そんなスーザンにではなく、アシェルに向かってナターニアは繰り返す。

「違います。違うのです、旦那さま」

大きな溜め息を吐いたアシェルが、カップを傾ける。

「旦那さま、違うのです。そうではありません」

絨毯の上にこぼすのだろうと思っていた。

誰もがそう思ったはずだ。

だが、アシェルは口を開けていた。

彼はカップの中身を一気に飲み干していた。喉仏が動き、液体を嚥下《えんげ》する音だけがその場に響く。

ナターニアには、目の前で何が起こっているのか分からなかった。

「……どうして？」

コーヒーに何かが仕込まれていると、アシェルは気がついていたはずだ。

それなのに自分から、口に含んだ？

……ごほっ、とアシェルが咳き込む。その口元から、たらりと赤いものが伝う。

ナターニアはこぼれ落ちんばかりに目を見開き、目の前の光景を凝視していた。

形のいい顎から伝い落ちたのは血液だった。

アシェルの手からカップが落ちる。

白磁器が割れる音はしなかった。絨毯の上に落ちて、物音は吸収されてしまう。

椅子にもたれたまま、アシェルは何度も吐血する。呆然としながら、ナターニアは手を伸ばした。

「どうし、て？　旦那さま」

半透明の手は、苦しむアシェルに触れられない。

だからナターニアの震える声が、聞き取れたわけではないだろう。それなのに確かに、アシェルは返事をした。

「俺も、楽になりたかった」

そう囁くように呟いたきり、アシェルが目を閉じる。

弾かれたようにナターニアは振り返った。

蒼白な顔色のままスーザンは二の腕を擦《こす》り、全身を小刻みに震わせている。

目的を達成した高揚感のようなものは感じられない。歯の根が合わないようで、口元からがちがちと音が鳴り続けている。

「スーザン……どうして」

「この男はっ、奥様の死に目に立ち会いもしなかった！」

ナターニアの声を遮って、スーザンが叫ぶ。

それこそ血のにじむような声音だったが、本当に血を流しているのはアシェルだ。それなのに苦しげに叫ぶスーザンを、ナターニアは信じられない思いで見つめる。

「あの男がようやく戻ってきたとき、すでに奥様は冷たくなっていらっしゃった！」

「っ……わたくしは恨んでなんていないわ！」

言い返すナターニアの瞳から涙が溢れた。

頭の芯が燃えているような気がする。脳がしびれて、怒りと悲しみでいっぱいになる。

ではすべて、夫の手を握れずに死んでいったナターニアのためだというのか？

ナターニアのせいで、スーザンはこんな凶行に及んで、アシェルを傷つけたというのか？

（そんなの、わたくしは望んでない！）

「あ、あなただけはわたくしの味方だったじゃない。赤ちゃんができたときだって、自分が支えるって言ってくれたじゃないっ！」

掠れ声で叫べば、スーザンが目を背ける。ナターニアの声がしないほうばかりを見る。

そうだった、と思う。

この数日間、何度も何度もスーザンは、ナターニアから目を逸らしていた！

「信じていたのよ、スーザンッ！　あなたを頼りにして、わたくしは――」

「……ごめんなさい、奥様」

それだけを言い残して、スーザンがダイニングルームを出て行く。

「ま、待って。解毒薬は！」

スーザンは薬師だ。彼女がアシェルに毒を飲ませたなら、必ず解毒薬も一緒に用意しているはず。

「命令よスーザン。今すぐ戻って。旦那さまに解毒薬を！」

だが返事はない。

ナターニアは追いかけようとしたが、足がもつれた。

その場に倒れ込むナターニアに、頭上から声がかけられる。

『もうスーザンはいないよ、ナターニア。屋敷を出て行ったみたい』

教えてくれたのはお猫さまだった。悲しげなお猫さまの目が、ナターニアの背後を見やる。

その視線の先に、大量の血で胸元を汚したアシェルの姿があった。ナターニアは服の上から胸を押さえた。

「あ、あ、あぁ……」

固く閉じられた目蓋が、開くことはない。

深く鮮やかな色を宿す瞳は見えない。二人で笑い合ったことさえ、遠い昔のように感じる。

このまま——アシェルが遠くに行ってしまうような気がして。

(だめ。そんなの、絶対にだめ……！)

歯を食いしばってナターニアは立ち上がった。

「誰か早く来て！　お願い！　旦那さまが死んじゃう！」

夢中で人を呼ぶ。

喉が痛くなるくらい声を張り上げて、誰か、誰か、と呼び続ける。

「誰かぁ！」

金切り声でナターニアは助けを呼び続ける。

その声は誰にも、届かなかった。

6日目

6日目

子どもができた。

嘘だろうという思いと、嬉しいという思いが同時に胸にある。

自分が親になるなんて、まだ漠然としていて現実味がない。

二人で話し合って、妊娠はしばらく隠し通すことになった。

契約条件を考慮すれば致し方のないことだが、いずれ必ず周囲を納得させなければいけない。

まだ大きくもないお腹を、恐る恐る撫でながら思う。

ひとつの、大きな、大きな責任を背負ったのだから。

それに相応しくありたいと、そう、心に誓った。


アシェルが眠っている。

眠る彼の顔は青ざめていて、安穏《あんのん》とはほど遠い。それでも、ようやく容態がわずかに安定したところだった。

薬を処方した医者も、今は部屋を出ている。彼の傍には世話を言いつけられた使用人だけが留まり、ときどきアシェルの熱を確かめ、濡らした布で汗を拭き取って世話している。

何もできないナターニアは、アシェルが横たわるベッドの真横にしゃがみ込んでいる。

時折、伸びた枝が寝室の窓を叩く。

昨夜から風がずいぶんと強くなった。枝葉が擦れる音に紛れて、アシェルの小さすぎる呼吸の音はほとんど聞こえなかった。

だからナターニアは数分に一度、耳を近づけてその音を必死に聞き取っていた。消え入りそうなほどかすかな音を。

お猫さまは少し離れた位置で、ちょこんとお座りをしている。

『ナターニア……』

昨夜から、ナターニアはずっとアシェルにつきっきりだった。

日付が変わる時刻になれば、記憶の整理のために強制的に引き離されてしまったが、今朝邸宅の前に戻ってくるなり、すぐさまアシェルの寝室へと引き返していた。

それから、また、長い時間が経過している。

ナターニアは夕方になっても、この部屋から離れられずにいる。

「…………どうして、なんでしょう。お猫さま」

しばらくぶりに、ナターニアは声を発した。

喋ることを忘れてしまったように、声は聞き取りにくく掠れていたが、お猫さまには確かに届いているようだった。

「わたくしは、妻なのに……苦しむ旦那さまの手を握ることもできません」

本当ならば、今すぐに冷たくなっているだろう手を取り、大丈夫だと呼びかけたい。傍にいると伝えたい。

青白い額を流れる汗を拭いてあげたい。彼の苦しみを、ほんの少しでいいから和らげたい。

ナターニアは自分の手を見つめる。下の絨毯の模様までも透けて見える幽霊の手。

こんな手では、アシェルに触れられない。

『ぼくを恨んでる？』

ナターニアはうろうろと顔を上げて、お猫さまを見やる。

お猫さまは辛そうに、その先を口にした。

『ナターニアが幽霊になって戻ってこなければ……スーザンはあんなこと、しなかったのかもしれない』

「……っ！」

ぎゅ、とナターニアは唇を噛み締める。

目頭が爆発的に熱くなって、涙が出そうになる。

（スーザンはどうして、旦那さまに毒を盛ったの？）

――『奥様はあなたの子を妊娠していました』

――『だから奥様は死んだのです』

本当にそれが理由なのだろうか。

スーザンはナターニアと子どもの復讐のため、アシェルを殺そうとした？

（でもわたくしの体調は、悪くなかった）

確かにナターニアは病弱な女だった。

だが、数か月前から体調は緩やかに安定していた。私室とドレッシングルームを往復し、窓からたくさんの日射しを浴びて、苦手なものでも食べるように努力した。

助産師としての知識があるスーザンに支えられながら、ナターニアは出産に向けて準備を整えていたのだ。

だから――本当は、ずっと疑問に思っていた。

（どうしてわたくしは死んだの？）

・・・・・・・・・・・・

自分が死んだときの記憶は、どこか曖昧《あいまい》だ。

前にお猫さまが、七日目の夜には、自分が死んだ日のことを見るだろうと言っていた。そのときになれば詳細も思いだすのだろうと、漠然と考えていたけれど。

ナターニアが死ぬとき、看病していたスーザンは傍にいたはずだ。

もしかすると。

彼女だけは、ナターニアが死んだ本当の理由を——真相を、知っているのではないだろうか。

（それが、スーザンが旦那さまに毒を盛った真の動機なのかもしれない）

だからこそ、幽霊になって戻ってきたナターニアを前にスーザンは追い詰められた。そう考えれば、スーザンが今になって凶行に及んだのにも説明がつく。

考えをまとめたナターニアは、乾いた唇を湿した。

「……お猫さま。わたくし、お馬鹿でしたわ」

アシェルが盛られた毒は、多種類の毒を持つ薬草が調合されたものであり、調合した本人でなければ解毒の術がないと医者が口にしていた。つまりスーザンを見つけて早急に解毒薬を得なければ、アシェルは助からない。

スーザンの部屋は、アシェルの従者たちが一通り調べている。

発見されたときにはアシェルは意識を失っており、毒について証言できなかったが、状況はスーザンが犯人だと物語っていたからだ。

スーザンは、他の給仕に眠り薬を嗅がせてダイニングルームから遠ざけていたらしい。現在は捜索隊が組まれ、姿を消したスーザンの行方を追っているが、今のところ吉報は届かない。

それならば、ナターニアがやるべきことはひとつ。

瞳を決意の色に染め、ナターニアは言い放つ。

「わたくしが、旦那さまを助けなければなりません」

アシェルのことは心配だが、ナターニアが一緒にいたって何もできない。

なら、ここで悲しんでばかりはいられない。アシェルの手を握れないことを嘆いている場合ではないのだ。

『ナターニア。ひとつだけ聞かせてくれる？』

「はい、お猫さま。なんでしょう？」

青い硝子玉の瞳が、ナターニアを見つめている。真剣な表情のお猫さまと、ナターニアは向き合った。

『君は、子どもを望んでいたの？』

躊躇うことなく、ナターニアは肯定した。

「はい、もちろん」

ぴくっ。

ぴく、ぴく、とお猫さまのヒゲが動く。その可愛らしい様子を、ナターニアは笑顔で見ていた。

ひとりだったなら、きっとすぐに立ち直ることはできなかっただろう。いつまでもアシェルの傍でべそをかいて、動けずにいたかもしれない。

（お猫さまには、助けていただいてばかりですね）

自分は見張るだけだ、と言いながらも、お猫さまは必要なときに言葉をくれる。

（そんなあなたを、恨んでいるわけがないのに）

『……そう。それで、アシェルを助けるっていってもどうするの？』

「エルフの秘薬を探しに行こうかと」

気軽に口にするナターニアに、お猫さまはぽかんとしている。

『エルフの……秘薬ぅ？』

「そうです。エルフの秘薬ですわ！」

意気揚々とナターニアは拳を握り締める。

そんな彼女を見て、お猫さまは『いつもの調子が戻ってきたね』と呟いた。

「旦那さま、ナターニアは出かけてまいりますっ」

もちろん返事はないけれど、大好きなアシェルに向けてナターニアは伝える。

「必ずここに戻ってきます。ですので、もう少しだけご辛抱くださいませね」

そう言い残すと。

ピンクブロンドの髪をした幽霊は、颯爽と寝室を出て行くのだった。


古いおとぎ話がある。

——あるところに、若い夫婦が住んでいました。

とても仲がいい二人でしたが、ある日、妻が不治の病にかかりました。

夫は嘆き、妻を救う手立てはないかといろんな人に聞いて回りますが、方法はひとつも見つかりません。

そんなとき、彼を呼び止めた耳の長い婆《ばば》がおりました。

「もしも妻を助けたいのなら、深い森の中に入るといい。森の奥深いところに、どんな病気もたちまち治す薬草が生えているというよ」

胡散臭《うさんくさ》い話でしたが、男は藁《わら》にも縋る思いでした。

森に踏み入り、男は何日間も、何日間も、薬草を探し続けました。

もう日にちも分からなくなった頃、水も食べ物も口に入れておらず、傷だらけになった男は倒れてしまいました。

しかし男は、誰かの手に助け起こされました。

人ではありませんでした。耳が長い種族です。

そこは人の領域ではなく、エルフの森だったのです。

追いだされかけた男でしたが、最後の力を振り絞ってエルフたちに訴えます。

自分はどうなっても構わないから、苦しむ妻を助けてほしいと。

人を嫌うエルフですが、そんな男のひたむきな愛に胸打たれ、貴重な薬を分けてくれました。

エルフの秘薬と呼ばれるそれを持ち帰り、妻に飲ませると、あっという間に元気になりました。

エルフに祝福された夫婦の間には、愛らしい子どもが生まれました。

そうして三人はいつまでもいつまでも、幸せに暮らしたといいます――。


スカートの裾をたくし上げて、侯爵邸近くに広がる鬱蒼とした森の中をずんずんずんと突き進むナターニアの後ろを、お猫さまがふわふわとついてくる。

貴族夫人らしからぬ勇猛果敢な姿だ。生前のナターニアがそんな風に歩いていたら、すれ違う使用人は全員卒倒していたことだろう。

『ナターニア、本当にエルフの秘薬なんてあると思ってるの？』

お猫さまは疑わしげだ。

その問いかけに、ナターニアはといえば落ち着いた微笑みを返す。

「いいえ〜。そんなものはどこにもありませんわ」

『えっ⁉』

お猫さまが仰け反る。

『ど、どういうこと？　だってナターニア、エルフの秘薬を探すって言ってたのに！』

まさか宣言した張本人が、薬の実在を信じていないとは思わなかったのだろう。

「それが厳密に言いますと、わたくしが探しているのはエルフの秘薬ではないのです」

申し訳なく思いつつ、ナターニアは言う。

エルフの秘薬でもあれば、いつまでも健康に長生きできたでしょうね――ないものねだりをする医者たちの不躾《ぶしつけ》な言葉を、ナターニアの傍らに立つ彼女は、何度もぶつけられてきた。

「そんなものはないと、わたくし以上によく知っている薬師を捜しておりますの」

『その薬師って……』

答えの分かったお猫さまは、そこで口を噤む。

ひとりの幽霊と一匹のお猫さまは、黙々と歩き続ける。

普段は滅多に人が通らないのだろう。森には道と呼べるようなものはなく、木々が生い茂り、大きな植物が草葉を揺らす音を聞きながらひたすら進んでいく。

森の中は、中心に向かって歩けば歩くほど濃い色になっていく。数分前には聞こえていた鳥の鳴き声も、今やすっかり遠い。

幽霊と浮いたお猫さまでは、足元で小枝がぽきりと鳴ることもないのだが、ときどき近くの茂みががさがさと音を立てるので、そのたびお猫さまはびくびくしている。

最後に大雨が降ってから二週間以上が経過している。乾いた地面には足跡が残っている痕跡もなかった。

『ね、ねぇナターニア。迷いなく歩いてるけど、地理は把握《はあく》してるの？』

不安げな問いに、ナターニアは自信満々に答えた。

「お猫さまったら、ご冗談を」

『だよね、良かった。ちゃあんと把握してるに決まって――』

「わたくしは病弱極まりないナターニアですわ、もちろん森に入ったのなんて生まれて初めてですともっ」

『そこ絶対、胸張るところじゃないと思うんだけどなー！』

あまりに頼りにならない同行者を前にして、今すぐ引き返そうか本気で悩むお猫さまだ。

「でもこうして思いつくまま歩いていたら、いつか尋ね人に会えるような気がするのです」

『……そんな馬鹿な』

「ええ、馬鹿かもしれません。でもわたくし、本気なのですよ」

ナターニアは目を凝らして、延々と続く森に、見慣れた彼女の姿を捜している。

だから変わり映えのない景色の中。

座り込んだ彼女の、飾り気のないバレッタを目にしたときも。

「あっ、スーザン」

ナターニアは声を張ることもなく、ちょっとした用事ができて呼び止めたような、そんな何気ない声でスーザンを呼んだ。

呆気に取られるお猫さまよりも、振り返ったスーザンはずっと驚いていた。

苔の生えた平らな岩の上に座り込んでいたスーザンは、見えないナターニアの姿を捜してあちこちを見回している。

青白い唇は何度もわなないている。恐怖というよりも、ナターニアがこの場に現れた戸惑いの色のほうが大きいだろうか。

「驚かせちゃった？　ごめんなさい、スーザン」

やはり世間話のように言いながら、ナターニアはスーザンに近づいていく。

スーザンの左隣の岩に、スカートの裾に気をつけつつ、ちょこんと座る。

なんの物音もしなかったのに、スーザンはそんなナターニアに気がついたかのように目を見張った。

「奥様、どうして……」

「どうしても何もないわ。スーザン、あなたは今もわたくしの侍女なのよ？」

ぷぅ、とナターニアは頬を膨らませる。

子どものとき、ナターニアはよくそんな顔をした。苦い薬は飲みたくない、とスーザンにアピールするためだ。

両親には見せられないそんな顔でも、いい子じゃない顔でも、スーザンには見せることができた。

「わたくしが呼び止めているのに、勝手に出て行くなんてひどいじゃない」

今、ナターニアがどんな顔をしているか、きっとスーザンは分かっている。

緊張していた彼女の肩から、ゆっくりと力が抜ける。青ざめていた顔も、少しだけましになった。

スーザンが、消え入りそうな声で訊ねてくる。

「……侯爵様、は？」

「今は大丈夫。でも、予断を許さない状況だとお医者さまは言ってたわ」

「……申し訳、ございませんでした。奥様」

その瞳に涙がにじむ。

全身をがたがたと震わせながら、スーザンが頭を俯ける。枝にでも引っかけたのか、バレッタでまとめている髪の毛は乱れていて、お仕着せもあちこちが汚れていた。

そこに、いつも毅然として前を向く侍女の面影はない。

「本当は私に、侯爵様を責める資格はありません。侯爵様が奥様の死に目に立ち会えなかったのは、……私のせいだから」

「どういうこと？」

何か、スーザンは重要なことを語りだしている。

耳を澄ますナターニアに、スーザンは震えながら告げた。

「私があの日、侯爵様を騙《だま》したのです。この辺境の森にこそ、エルフの秘薬があると」

「……っ！」

ナターニアは息を呑む。

「そんなものはないって、スーザンは誰よりも知っているじゃない」
・・・・・・・・・・・・
スーザンの耳は尖っている。

彼女の人間とは異なる形の耳を目にすると、最初は誰しも驚く。お猫さまもそうだった。かき乱した髪の間から覗く耳を目にして、息を呑んでいた。

スーザンには薄くエルフの血が流れている。薬草の扱いに長けているのは、自然を好み森の中で生きてきたエルフの知識を持つからだ。

両親はスーザンを集落から連れてきておきながら、他の貴族に彼女の姿を見られるのをいやがっていた。エルフの血が混じった女が公爵家で雇われているなんて、周囲に知られたくないと。

そしてナターニアを診る医者は口を揃えていやみったらしく、エルフの秘薬さえあればと言う。そうすればナターニアを治せるのに、とスーザンを責める。

だが、そんな代物は現代にはない。スーザンは何回も、何十回も、ナターニアのために薬作りを試みたが、そのすべては失敗していた。

ナターニアは一度もスーザンを責めたりはしなかった。

それこそ、本当に真実の愛で得られるエルフの秘薬なんてものがあるのなら――きっとスーザンこそ手に入れていた。そう自惚《うぬぼ》れてしまうほどに、スーザンはナターニアのことを愛してくれていたから。

「あの夜は……ひどい嵐でした。侯爵様は奥様を救うために、ひとりで森に向かったんです。その結果、この近くの崖から落ちて、怪我を負って……。それでもあの方は一晩、ありもしない薬を探し続けていました」

(だから旦那さまは、ご自分を責めるようなことをおっしゃったのね)

――想う気持ちがあれば手に入るという、エルフの秘薬。

他の誰かが言ったなら、きっとアシェルも眉唾だと相手にしなかっただろう。それを耳の尖ったスーザンが言ったから、アシェルは信じたのだ。

ナターニアのために、真夜中の森を必死に探し回った。

そんなアシェルのことを思うと、ナターニアは堪らない気持ちになる。

(旦那さまは、本当にもう、お優しすぎます)

だが、スーザンの話では全容が見えてこない。

それならば、むしろスーザンはアシェルに対して申し訳ないと思っていたはず。数週間後に毒を盛るような理由には繋がらない。

いや。根本的に問題はそこではないのだ。

(――そもそも、スーザンが旦那さまに嘘を吐いたのはなぜ?)

確かにスーザンはアシェルのことを嫌っていた。しかしそんな個人的な感情を理由に、危篤のナターニアを放置してまで薬を探させるようなことをするとは思えない。

そうしなければならないほどの事情が、あったのだ。

「すべて私が、悪いんです」

スーザンの瞳から、重さに耐えきれずに涙がこぼれ落ちる。

「奥様を殺したのは、私なんです」

「そんなわけないわ」

スーザンが絶句していた。

言葉を続ける間もなくナターニアが否定してくるとは、思わなかったのだろう。

しかし舐めないでほしい、とナターニアは思う。

岩の上でふんぞり返るように腕組みをしたナターニアの声は、確信に満ちていた。

「スーザンほど、わたくしのことを想ってくれている人はいない。あなたがわたくしを殺すわけないじゃない」

「……っ」

スーザンの目に水が盛り上がる。

次から次へとこぼれ落ちる涙に、スーザンは溺れるようにして泣いている。

「ごめんなさい。ごめんなさい、奥様……っ」

スーザンの喉が引きつる。

苦しげな嗚咽を繰り返しながらも、彼女は言葉を続けた。

「……奥様は小魚を食べるのが苦手だと、おっしゃっていましたよね」

急な確認に、ナターニアはきょとんとしつつ頷いた。

「ええ。子どもの頃、吐いてしまったことがあったの……でもがんばって食べたじゃない。魚は妊婦にいいって、スーザンが教えてくれたから」

スーザンには助産婦としての知識がある。

子どもを授かったのが分かったとき、ナターニアはすぐにスーザンを頼ることにした。結婚に契約条件がある以上、表立って産婆を呼ぶこともできなかったからだ。

——そう。

あの夜もそうだった、とナターニアは思い返す。

(夕食に、スーザンが小魚を出してくれて……妊婦には乳製品や鶏卵《けいらん》もいいって勧めてくれたのよね)

「そのせい、なんです」

「え?」

「覚えてらっしゃいますか。あの日、小魚を食べたとたんに、奥様の呼吸がおかしくなって……」

(そういえば……)

ナターニアは自身の喉元に触れて、思いだす。

苦しさのあまり、よく覚えてはいないけれど。

夕食を口に含んですぐ、気道が塞がったような感じがした。苦しくて、うまく呼吸ができなかった。血を吐くほどに咳をしたが苦しいままで。

生まれつき気管支の弱いナターニアだが、今までにない想像を絶するほどの苦痛の中、意識が薄れていったのだ。

『アレルギー症状……過敏症って言うんだって』

そんな声がして、ナターニアは目を向ける。

ナターニアとスーザンの間に浮かんだお猫さまが、静かな表情で言う。

『小魚だけじゃなくて、いろんな食べ物とかに、身体が過敏な反応をしちゃう人がいるんだって』

「まぁ、お猫さま。また難しい言葉をご存じでいらっしゃいますね」

だが、お猫さまのおかげで原因が分かった。

(わたくしは、妊娠したから死んだわけじゃなかった)

小魚を食べたことで、お猫さまの言うアレルギー症状というのが出てしまい、死に至ったのだ。

スーザンが唇を噛み締める。噛みちぎった口元には血がにじんでいる。

「わ、私は――っ、気がついたときには、もうどうしようもなくて。でも、他の人に……侯爵様に自分の過ちを知られてしまうのが、怖くて……っ」

「だから、旦那さまを外に行かせたのね？」

「……っっ」

スーザンが洟《はな》をすすりながら頷く。

その震えるばかりの肩を、ナターニアは手のひらで撫でた。やっぱり触れられないのが、なんとも口惜しいけれど。

「辛かったでしょう、スーザン」

「…………え？」

呆然と顔を上げるスーザンに、ナターニアは微笑みかける。

「幽霊になったわたくしが現れたとき、あなた、どんなに怖かったことでしょうね。この幽霊、自分を責めるために冥界《めいかい》から戻ってきたんじゃないかって思ったのでしょう？」

「…………」

「でも大丈夫よ。あなたは悪くないの。誰も、なんにも悪くないわ」

「奥様は、どうしてそんなに優しいんですか？」

ふぅ、とナターニアは長くゆっくりと息を吐く。

以前にも、ナターニアが優しすぎて怖いのだとスーザンは言った。だが、それは買いかぶりすぎだとナターニアは思う。

「わたくし、誰にでも優しいわけじゃないわ」

それこそ聖人のようにはなれない。誰かにうんざりしたり、呆れたり、失望したりすることだってある。

にこにこと笑っていても、本当は泣きたいくらい辛い瞬間がある。

でもスーザンの支えがなければ、ナターニアは笑うこともできずとっくの昔に折れていたのだ。

「スーザン。わたくしだけの侍女。あなたがわたくしの傍にいると言ってくれたとき、一緒に辺境に行くと言ったとき、どんなに嬉しかったか分かるかしら?」

医者は誰もが、ナターニアは長生きできないと口々に言った。

そんな中、スーザンは諦めなかった。両親が悲しげな目で遠巻きにナターニアを眺めていても、スーザンだけは必ずナターニアを元気にしてみせると、努力し続けた。

彼女はナターニアと一緒に生きることを選んでくれた。苦しみに喘《あえ》ぐナターニアから、一度も目を背けずにいてくれた。

どれほど支えになっただろうか。

凍りつくほどに冷たい手を擦《さす》り、惜しげもなく温度を分けてくれた人。

「人々の奇異の目に晒されると、知っていながら……エルフの秘薬なんて作れないと知りながら、わたくしから離れないでいてくれたわね」

お前がエルフの秘薬を持っていれば、と理不尽《りふじん》に責められようと、スーザンは一度も言い返さなかった。たくさん傷ついたはずなのに、ナターニアのことを慮《おもんぱか》ってばかりだった。

「もうこれ以上、自分を責めないで。むしろ胸を張ってちょうだい。わたくし、幸せだったもの」

ナターニアはにっこりと笑う。

強がりではない。虚勢でもない。本心から、そう伝える。

「わたくし、不幸じゃなかったもの。そうでしょう?」

「…………はい」

くしゃくしゃに顔を歪めながらも、スーザンは答えてくれた。

「不幸、っなんかじゃありませんでした。奥様は、不幸じゃない。きれいで、優しくて、誰よりもずっと……っ」

目と目が、しかと合う。

再会してから、初めてのことだった。わずかに首を傾げて、ナターニアは問うた。

「解毒薬を、旦那さまに飲ませてくれる？」

スーザンがゆっくりと頷く。最後に残った涙が、その頬を伝う。

長い夜がようやく明けたような、そんな顔をしていた。

7日目

7日目

閉じていた目蓋に、刺激を感じる。

目を開けると、なだれ込むように雨の滴《しずく》が入り込んできた。

針のような雨が降りしきっている。どうやら崖から足を踏み外し、今の今まで気を失っていたらしい。

……俺は何をやっているんだ、こんなところで。

身体中に痛みが走っている。

落下の最中、目に見えるものをとりあえず掴んだのだが、そのときに左手を捻ったらしい。頭も打ったのか、ひどく痛む。

歯を食いしばりながら、必死に身体を起こした。

全身はずぶ濡れで、身体に震えが走る。

だが、休んでいる場合ではない。泥にまみれた重い外套《がいとう》を、引きずるようにして歩きだした。

彼女は今も苦しんでいる。それなら、こんな痛みはなんでもない。

想う気持ちがあれば、見つかるはずだ。そう信じて、祈るように重い足を動かし続ける。雨で先が見えずとも、目を凝らし続けて。

しかしどんなに探しても、エルフの秘薬は見つからなかった。

なんの収穫も得られないまま、致し方なく屋敷へと一度戻ることにする。

――そこでは、冷たくなった彼女だけが待ち受けていた。


七日目の朝が来た。

(今日が、最後の日なのですね)

煉瓦造りの邸宅を見上げながら、ナターニアは思う。

昨日、共に侯爵邸に戻ってきたスーザンは、すべての事情を使用人たちに打ち明けた。

(もちろん幽霊《わたくし》のことは伏せて、だけれど)

事前に用意していた解毒薬を、スーザンは自ら飲んでみせて害がないことを示した。最終的に彼らも、スーザンは嘘は吐いていないだろうと信じてくれた。

薬を飲むとアシェルの症状は落ち着いていった。まだ意識は取り戻していないものの、順調に回復の兆しを見せ始めている。

今、スーザンは空き部屋に閉じ込められている。だがアシェルなら、厳しい処分を下したりはしないはずだ。

再びアシェルの部屋を訪ねたナターニアはまた、日付が変わる頃に意識を失った。

そうして、最後の夢を見た。

お猫さまによれば厳密には夢ではなくて、生前の記憶を整理しているのだそうだが、ナターニアにとってそれは夢と同じだ。

――一日目は、地上に戻ったばかりで夢はなく。

――二日目は、庭を駆け回る子どもたちを、羨ましそうに窓辺から眺める夢。

――三日目は、初めて会ったアシェルと向かい合い、言葉を交わす夢。

――四日目は、礼拝堂の頭上を飛ぶ鳩から視線を戻したら、アシェルと目が合った夢。

――五日目は、勇気を出して寝返りを打って、同じベッドで寝るアシェルと話した夢。

――六日目は、子どもができたと伝えて、アシェルが初めてお腹を撫でてくれた日の夢。

――七日目は、やはり最期の日の夢だった。

枕元にはスーザンだけがいて、ひゅっひゅ、ぜえ、ぜえ、と途切れる呼吸の合間、ベッドに横たわるナターニアは必死に言葉を紡いでいた。


『……スーザン、どう？　今、わたくしはきれいに笑えているかしら？』

『だってわたくしが死んだあと、旦那さまはわたくしの顔を見るでしょう？』

『そのとき、苦しそうな顔とか、悲しそうな顔をしていたら、お優しいあの方の重荷になるわ』

『それに、わたくしだって女なのよ？　妻らしいことは、ひとつもできなかったけれど……最期くらい、俺の妻はきれいな女だったのだって、旦那さまに誇りに思ってほしいの。あの方の自慢の妻で、ありたいの――』


（ちゃんと、わたくしは……笑えていたのかしら？）

アレルギー症状というのは本当に辛いもので、呼吸が苦しいあまり、ちゃんと最期まで笑えていたか自信がない。

ナターニアの身体はすでに土の中に眠っている。答えを、スーザンに聞くのは酷だろう。

「ね、お猫さま。お猫さまはどう……」

ここ数日のくせで話しかけたナターニアは、そこで口の動きを止めた。

周りを見回す。色とりどりの花が咲く庭園。その中に、見慣れた黒猫は浮かんでいない。

「……お猫さま？」

夢を見たあと、決まってナターニアは屋敷の前に佇んでいる。

そうするとどこからともなくお猫さまがやって来て合流していたのだが、今日はいつまで経ってもお猫さまが現れない。

だが、ここでいつまでも待ってはいられない。

というのも、アシェルの様子が気になるからだ。もちろんスーザンの調合した解毒薬なのだから、効力は抜群だと信じているが、彼が目を覚ますところをこの目で見なければ安心できない。

そうしなければ、もう、永遠に確かめる術を失ってしまうのだから。

「どうしましょう。書き置きとかすべきかしら？」

と思うナターニアだったが、そういえば自分はお猫さま以外の何かに触れたりできないのだ。ペンを握れないのだから、書き置きを残せるはずもない。

「うぅっ……ごめんなさい、お猫さま！　わたくし、旦那さまの様子を見に行ってまいりますね！」

どこかにいるだろうお猫さまに聞こえるよう、声を張り上げて空に向かって叫ぶと、ナターニアは玄関ドアをすり抜けて邸宅に入っていく。

アネモネの花に出迎えられながら、ナターニアは階段を上っていく。数人の使用人とすれ違うが、彼らの話を聞きかじった限り、まだアシェルは目を覚ましていないようだ。

ナターニアは廊下を足早に抜ける。

アシェルの部屋は二階の角部屋だ。倒れたアシェルを見舞うため、最近は頻繁に訪れている。けれど生前は一度もこの部屋を訪ねることがなかったから、そんな場合でないと分かっていても少しだけ胸の鼓動が速くなっていた。

「失礼いたします、旦那さま」

ノックができないので、声をかけてからナターニアはドアをすり抜ける。

ナターニアに与えられたのと、間取りはほとんど変わらない部屋だ。必要最低限の家具と調度品が置かれた室内にはドアがあり、そこから寝室へと直接繋がっている。

ドアは開かれたままになっていたので、その陰からこっそりと覗き込む。

いったん世話係の使用人は下がっているようで、寝室に人の姿はなかった。

だが、そこでナターニアは驚きのあまり硬直した。

アシェルがベッドの上で上半身を起こしていたからだ。

「……はっ」

汗ばむ黒髪をかき上げたアシェルが笑っている。

いっそ残忍にすら見える、嘲るような笑みを目にして、ナターニアは息を止める。

「どうして俺はまだ生きているんだ」

深い紅の瞳に、殺意に近い嫌悪感がにじんでいる。それが向けられている矛先《ほこさき》は、他の誰でもない彼自身だった。

喉が渇いているのだろう。声が掠れているが、用意された水差しに目を向けることもない。

生きるための何かを、身体に取り入れたくないとでも言うように。

「あのまま……いっそ、死なせてくれれば良かったものを」

手元にナイフの一本でもあれば、アシェルは自らの喉にそれを突き立てていたかもしれない。

カーテンは閉め切られていて、明るい日光の射さない澱んだ室内。

触れれば血がにじむような危うさだけが、色濃く漂うその空間に。

「まぁ、いけませんわ旦那さまったら」

ナターニアはといえば、怯《ひる》まなかった。

頬を膨らませ、腰に両手を当てたナターニアは、説教じみた口調で言い募る。

「まだぴちぴちの二十歳ですのに、死ぬだなんて簡単に言ってはいけません。これからの旦那さまの人生には、まだまだ素晴らしいことがたくさん待っているはずですもの！」

（そう。たとえば再婚ですとか！）

アシェルがいやがるなら、無理に押し通す気はないが、やはり不器用な彼には支えてくれる人が必要だ。

とびきり優しい人だから、甘やかしてくれる人がいい。彼が倒れそうになるときは、膝を貸して頭を撫でてあげるような、包容力のある人との相性がいいのではないだろうか。

ナターニアには、できなかったこと。

やりたくてもやれなかったことを叶えてくれる人が、必要なのだ。

（……正直なところ、悔しい気持ちもありますが）

「って、わたくしったら。聞こえないと分かっているのに、ついうっかり……」

ナターニアは頬に手を当てた。そこが赤くなっている自覚がある。冷静に突っ込んでくれるお猫さまも不在なので、気恥ずかしさは増すばかりだ。

「こういうときは、身を隠すに限ります。そう、わたくしの定位置といえばもちろんあそこ、カーテンの裏です！　ここから旦那さまを見守り、うっとりとしつつ、ちょっとだけ説教もするのです！」

さっそく隠れようとしたナターニアは、そこでおかしなことに気がついた。

（……あら？）

アシェルの目が、なぜだかナターニアを見ている、ような。

というか先ほどから、動くナターニアを瞬きもせず追いかけている――ような。

「いえいえ、そんなはずありませんわね。旦那さまにはわたくしが見えていないのですもの」

ナターニアは苦笑して、アシェルから視線を外す。

それなのに。

カーテンの後ろに消えようとするナターニアを、掠れた声が呼び止めた。

「……ナターニア？」

足が止まる。

振り返ったナターニアは、呆然と見返す。

視線と視線が、まっすぐに合った。

「……うそ」

それは、アシェルの目が確実にナターニアの姿を捉えている証明だった。

「旦那さま。わたくしが……見えるの、ですか？」

「見える」

震える問いには、間髪容《かんはつい》れず答えが返ってくる。

アシェルはどこか夢見るような口調で続けた。

「柔らかく光る、ピンクブロンドの髪も。青空のように澄んだ瞳も。雪のように白い滑らかな肌も……すべてが美しいナターニアだ」

「ま、まぁ。旦那さまったら」

ぽぽっとナターニアは頬を染めた。

あり得ない事態に混乱しているのか、朝っぱらだというのにアシェルはやたらと情熱的になっている。

(本当にわたくしが見えているみたい)

……だけど、とナターニアは思う。

奇跡には限界がある。お猫さまは最初にそう言ったのだ。

――『君の後悔と直結するあの男だけはだめなんだけどね』

幽霊になって一時的に戻ってこられても、アシェルに声を届けられないという、あの言葉に誤りがあったとは考えられない。お猫さまには嘘を吐く理由がないからだ。

それと同時に、確信が芽生えていた。

（まさか、お猫さまが？）

ここにはいないお猫さま。

清らかな子どものような声をした、青い瞳を持つ黒い子猫。

お猫さまがナターニアたちのために、何か、この世の理《ことわり》のようなものを一時的に歪めたのかもしれない。そうでなければ、アシェルと視線と言葉を交わすなんてできなかったはずだ。

「生きていたのか、ナターニア。本当に君が……信じられない」

ふらつきながら、アシェルがベッドを下りる。

まだ本調子ではないのだろう。すぐに足元がぐらつき、倒れ込みそうになるアシェルにナターニアは反射的に手を差し伸べた。

（あっ……だめだわ、触れることはできないのだもの――）

この数日間の記憶が、ナターニアの挙動を中途半端に止めたが、伸ばした手にはアシェルの感触があった。

「へっ……」

驚いたナターニアは目を見開く。

（旦那さまの手に、今、触れられた……？）

硬直したナターニアでは、アシェルの身体を支えるなどできるはずもなく、二人は一緒に絨毯の上に倒れ込んだ。

「きゃあっ」

「……っ！」

寸前のところで、ナターニアの後頭部をアシェルが支える。

「ひゃっ……！」

触れ合うほど傍に、アシェルの整った面立ちがある。

切なげに細められた瞳と目が合い、ナターニアは大慌てで彼の腕の中から抜けだした。

お尻を動かして、壁際まで思いっきり後退する。

「あっ、ありがとうございます、旦那さま」

「…………」

ややショックを受けたように黙り込んでいたアシェルだが、仕切り直すように言う。

「いい。いいんだ。君が生きているなら、なんだって」

「……いいえ、旦那さま。わたくしは幽霊なのです」

信じたくないというように、座り込んだアシェルが力なく首を横に振る。

「感触があった。こうして姿が見えるし、声も聞こえるだろう？」

「旦那さま。わたくしは死んだのです。苦手なお魚を食べて、身体が過敏な反応を起こして死んでしまったのだそうです。声が聞こえるのも、触れることができるのも、今だけのことなのです」

「……違う。君は、ここにいるじゃないか」

否定する声はどこかぎこちない。

本当は、アシェルも気がついているはずだ。

触れ合ったとき、確かに感触はしたけれど……ナターニアの身体は透けていて、生きていた頃と同じではないことを。

お猫さまが奇跡を起こしてくれたとしても、ナターニアが生き返ることだけはあり得ない。

（わたくしは、もう、旦那さまの傍にはいられない）

分かっていたはずの事実が胸に広がっていったとたん。

ナターニアの頬を、自然と涙が伝っていた。

「………ごめんなさい」

急に泣きだしたナターニアに、アシェルは当惑したように眉尻を下げる。

「どうして君が謝るんだ」

「だって。あなたに、家族を……作ってあげたかったのに」

ナターニアは両手で顔を覆う。

それでも、次から次へと込み上げてくる。押し寄せてくるのは荒れ狂うような後悔だ。

スーザンには、笑顔だけを見せるよう心がけていた。

ナターニアは幸せに死んでいったのだと、そう思ってくれれば満足だった。それがナターニアにとっても救いだったから。

だけどアシェルを前にすると、どうしたって歯止めが利かなくなる。

心の奥底に眠っていた本心が、最後に彼の目に触れたいと泣き叫ぶ。浅ましい欲が顔を出してしまう。

「たったひとりきりで……ひとりぼっちにして、ごめんなさい。約束を守れなくて、ごめんなさい」

「……あの約束は、やはり、俺のためのものだったのか」

アシェルの声が、ずいぶんと近い。

ナターニアはどきりとした。髪の毛に、触れる手の感触がある。

アシェルが撫でているのだと気づくのに、そう時間はかからなかった。

顔を上げる。屈み込んだアシェルが、泣き続けるナターニアの顔を覗き込んでいる。

「……っ」

壁とアシェルの間に挟まれたまま、ナターニアは呼吸を止めていた。

ピンクブロンドの頭をアシェルが撫でつける。一緒に寝るとき、よくそうしてくれたのを知っている。

ナターニアが眠っていると確認してから、いつもそうやってこっそりと撫でてくれたものだった。

壊れやすい宝物にするみたいに。

妻が寝たふりをするのに心血を注いでいたことなんて、今もアシェルは知らないのだろう。

「嫁いできた夜……女に生まれたからには、子どもを産みたいから協力してほしいと君は言ったな。必ず産んでみせるからと。約束、するからと」

「……はい。言いました」

子どもを望んだのはアシェルではなく、ナターニアだった。

同じ寝床に入りながら、アシェルはナターニアに触れようともしなかった。

だから嫁いだその夜、ナターニアは自分からアシェルのほうを向いて、彼に縋りついた。子どもがほしいと頼み込んだ。告げた理由は、それっぽく取り繕ったものだったけれど。

涙と一緒に、飾り気のない言葉が唇からこぼれ落ちる。

「わたくし、旦那さまに、幸せになってほしかったのです」

——どんなに望んでも、自分は長く傍にいられないと知っていたから。

どうしても、アシェルとの間に子がほしかった。

アシェルはその子を大切にするだろう。その子もきっと、優しい父親が大好きになる。

尊い未来を命がけで望んでいた。その光景を残すためならば、なんでもできると思った。

でも、ナターニアはお腹に子どもを抱えたまま死んでしまった。夫婦の間で交わされた、たったひとつの約束すら守れなかった。

不義理だと罵《ののし》られることを覚悟していた。

ぐっと唇を引き結ぶナターニアの額に、柔らかな吐息がかかる。

「……ナターニアは、鈍感だな」

「ど、鈍感……ですか？」

びっくりするナターニアに、アシェルは「そうだ」と頷く。

なんだかちょっと拗《す》ねたような、幼げな表情だった。

「俺は、君と再会できて、夫婦になれて……その、とっくの昔に幸せだったんだが」

「――、え？」

思いがけない言葉に、一瞬、完全にナターニアの思考は停止する。

（幸せ、だった？）

「いや……ちゃんと伝えていなかったから、そのせいだな。結局、悪いのは俺か」

アシェルが溜め息を吐く。髪に触れていた手が離れていく。

「っ違いますわ、旦那さま」

このまま仕舞われてしまいそうな手に、ナターニアは飛びつくようにしがみついた。

アシェルは誤解されやすい人だ。でも彼がどれだけ優しい人なのか、ナターニアは知っている。

「旦那さまは……今までわたくしに、お見送りも許してくださいませんでしたよね？」

まさか幽霊になってまで、その件について掘り返されると思わなかったらしい。

アシェルの目が気まずげに泳ぐ。だが、生真面目なアシェルは最終的に肯定した。

「それは……身体の弱い君に、つまらないことで負担をかけたくなかったから」

しかしナターニアが指摘したいのはひとつではない。

「ダイニングルームに呼んでくださることもなくてっ」

「俺の顔なんて見たって、食事がまずくなるだけだと思って」

「わたくし、デートに誘われることもありませんでした！」

「……共寝しただけで失神するような妻を、外にまで誘えない」

答えるアシェルの顔は真っ赤だった。

ナターニアの頬にまで一気に熱が上る。しがみついた手に、ぎゅうと力をこめてしまう。

「だ、旦那さまったら破廉恥です！」

「夫婦なんだから、これくらい別にいいだろう。肌だって数回重ねている」

「ま、まだ朝ですのにっ」

「……夜ならいいと？」

「旦那さまっ」

もう、恥ずかしすぎてナターニアはカーテンの裏に隠れたい。

でもナターニアには、できなかった。

逃げようとした手を絡め取ったアシェルが、その胸にナターニアを抱きしめたからだ。

あんまり強く抱きしめるから、壊れてしまうかもしれないと思った。

だが、アシェルがそんな風に、力の限りナターニアを抱いてくれるのは初めてのことで。

ただ、身を委《ゆだ》ねて目を閉じる。

（…………心臓の、音）

とく、とく、とく、と速いリズムで刻まれる、鼓動の音。

アシェルの音。生きている人間の音。それを聞いていると、ナターニアは思い知る。

どんなにドキドキしたって、やっぱりナターニアの心臓は動いていない。時計の針は、とっくに止まってしまっている。

どうしようもなく、怖かった。

もうきっと、時間はあまり残されていないと分かったから。

ナターニアはアシェルの広い背中に、そっと手を回す。アシェルの鼓動を聞いている間だけは、取り乱さないでいられると思ったのだ。

何か察するものがあったのかもしれない。アシェルが、ナターニアの耳元に囁いた。

「君に、大切な言葉を言えてなかったな」

ナターニアに後悔があったように。

アシェルにとっても大きな心残りがあったのだと、その一言だけで伝わってくる。あんまりにも急な別れで、なんにも伝えることができなかったのだと。

「ナターニア。君を愛している」

「……はい」

アシェルの告白を、ナターニアは全身で受け入れる。

彼の体温。温もり。汗ばんだにおい。そのすべてを忘れたくなくて、夢中で息を吸い込む。

「生涯、君だけを愛し続ける」

「……それは、だめです」

アシェルの身体が硬直した。ナターニアの背中に回されていた腕が、痙攣《けいれん》するように震えている。

その隙をついて、ナターニアは少し身体を離して、上目遣いにアシェルを見上げた。

(やっぱり、旦那さまはかっこいい)

逞しい腕に抱きしめられるのも好きだけれど、彼の整った顔を見ているのも大好きだ。その顔が、今は絶望のあまり固まっているのだが……。

「だめ?　……なぜだ?」

聞き返すアシェルの声は震えている。

「どなたかときっと恋をしてください、旦那さま。愛する人に出会ってください。それが伝えたくて、ナターニアは執念深いことに幽霊になってまで、戻ってきたのです。ですから、お願いします」

少しだけ、アシェルは考える素振りを見せたかに思われた。

「許してくれ。それだけは聞くことができない」

だが、その結果、呆気なく断られていた。

次に狼狽《うろた》えたのはナターニアのほうだ。

「え？　ど、どうして——」

「これから先、誰のことも愛さない。俺の妻は今までもこれからも、君だけだ」

「……っ」

説得しようと開きかけた唇を、ナターニアは閉じる。

思えばアシェルは、出会った頃から頑固な人だった。頑強なくらい、自分の意思を曲げない人だった。

アシェルがそう決めたのなら、彼は自分の決断を覆《くつがえ》すことはない。

ナターニアは、肺に溜まっていた空気をゆっくりと吐いた。

（それなら、折れるのは……わたくしのほうですね）

それならばと諦めて、ただ、アシェルの肩に寄り掛かることにする。

広い肩に額を当てて、ぐりぐりと擦りつけることにする。

「本当に、誰よりも優しくて、不器用な旦那さまですね？」

アシェルが鼻を鳴らす。

「不器用で悪かったな」

「いいえ。……そんなあなただから、わたくし、大好きなのです」

愛おしくて、堪らない気持ちになるのだ。

大切で、仕方がないのだ。

「ナターニア……」

アシェルはそれ以上は何も言わず、もう一度抱きしめてくれた。

腕の震えに、喉の引きつりに、ナターニアは気がつかない振りを決め込む。

（……あなたと一緒に、時間を刻んでいきたかった）

どこにもいない神さまは、なんて残酷なのだろうか。

（ゆっくり、ゆっくり、思い出を重ねていきたかった）

子どもを無事産んで、体調も安定してきたら、三人で出かけるのが夢だった。二人と手を繋いだら、きっと身体の奥底から力が湧いて、どこまでだって歩いていけたはずだ。

（地縛霊になったっていいから、ずっとここに――）

そこで、我に返る。

（……だめだわ。それだけは、選んじゃいけない）

黒い子猫のことを、頭に思い浮かべる。

ナターニアが道を外れた存在にならないように、あの子は力を貸してくれたのだ。

その思いを、ナターニアだけは裏切ってはいけない。最初に、この七日間が始まる前に、自分の胸に言い聞かせたことだ。

そう思いだした瞬間だった。

身体の感覚が、塗り替えられていた。

「どうした？」

異変に気がついたアシェルの、その腕からナターニアの身体がすり抜ける。

焦ってアシェルは手を伸ばすが、届かない。どんどん浮き上がっていく。

「ナターニア……！」

アシェルが愕然《がくぜん》と目を見開く。彼の手では、すでにナターニアに触れられなかったのだ。

終わりの時間が唐突に訪れたことを、二人ともが察する。

しかし最後の日となる七日目も、日付が変わる頃に意識が消える——そうお猫さまは言ったのに、まだ七日目の早朝だ。

（やっぱり、何かあったんだわ）

お猫さまがここにいないこと。ナターニアとアシェルが一時的に会話できたこと。この変化も、それによって生じたのかもしれない。

「す、すみません旦那さま。身体が勝手にっ」

慌てるナターニアは、手足をじたばたさせる。

窓は開いていないのに、風が巻き起こったかのように髪とドレスが宙に広がっている。

しかも全身からは神々《こうごう》しいほどの光が放たれている。その光景は、アシェルに向かって、ナターニアがこの世のものでないと知らしめているようだった。

だが当の本人は両手を頬に当て、きゃあきゃあと騒いでいる。

「お、お猫さまから聞いてはいたのですが。まぁ、本当にすごい！　宙に浮くのってこういう感覚なのですね……！　しかも身体が何やら、ぴかぴかと光っているような気がいたします……！」

「……君は相変わらず、呑気だ」

脱力しつつ、アシェルはそんな妻を見上げる。

というかお猫さまって誰だ、と訊きたかったアシェルだが、今やそれを確認する時間もないのは分かりきっていたから。

彼は、ただ妻の名前を呼ぶ。

「ナターニア！」

「は、はい。旦那さま！」

きりりとした声で呼ばれ、さすがのナターニアも表情を引き締める。

アシェルは、よく通る声音で言い放った。

「君が生まれ変わっても、必ず見つけてみせる」

「え……？」

（生まれ、変わり？）

思いも寄らない言葉に、ナターニアはぽかんとする。

今までそんなこと、考えてもいなかった。死んだら、そこで終わりなのだと思い込んでいた。アシェルの再婚相手を本気で探したのも、それゆえだ。

でもアシェルは、当然のように続ける。なんの不安もなさそうに言ってのける。

「君がどんな姿をしていても、どんな声をしていても、俺が見つけるから」

アシェルが、ナターニアに向かって手を伸ばす。

「旦那さま。わ、わたくし……」

ナターニアは喉が詰まって、うまく言葉が出てこなくなる。

そんなことを約束していいのか。死後、人が本当に生まれ変わるかどうかなんて分からないのに。

(軽はずみに同意して、約束したら……)

その約束は、またアシェルを縛ってしまう。

すでに彼の一年間を、ナターニアは奪ったのだ。だが次は一年では済まされないだろう。

もしかしたらアシェルの輝かしい人生ごと、ナターニアが台無しにしてしまうかもしれない。

(だめだと、言わなければ)

ナターニアは断ろうとした。でもアシェルの深紅の瞳を見ると、言えなくなった。

唇を固く結び、目に力を込めたアシェルは、頑《かたく》なにナターニアを見つめている。

すぐに分かった。言葉こそ力強かったけれど、アシェルだって不安なのだ。それでも自信に満ちた態度を貫こうとしている。

二度目の約束を、今度こそ本物にするために。

（……言えるわけ、ありません）

きゅう、とナターニアの胸が疼《うず》く。目と鼻の奥が熱くなっていく。

（だって、わたくし、嬉しいと思っているのだもの）

これを最後にするつもりはないと、アシェルは言ってくれたのだ。

どうしよう、とナターニアは思う。

心震えるほどに嬉しくて、わけがわからないくらい、幸せだ。

「……旦那さま」

ナターニアは笑いかけて、同じようにアシェルに向かって手を伸ばした。

わずかにかすめても、触れることのない指先。それでも、触れ合わずとも確かに彼の熱を感じる。

こぼれる涙は光の粒となり、次々と黄金の鳥となって目元から飛び去っていった。

二人を祝福しているかのような光景を前に、思う。

（まるでもう一度、結婚式をしているみたい）

あの日、よく晴れた空の下を、白い鳥が飛んでいた。

抜けるような空を羽ばたく翼があまりにも美しくて、目が離せなかったのだ。

知らない場所を飛ぶ恐ろしさなど、みじんも感じられない。ただ仲間と共に、自由に空を舞う力強い飛翔に、ナターニアは見惚れていた。

ふと視線に気がついて振り向くと、アシェルが顔を逸らしたのを覚えている。

照れる彼の手を、そぅっと握った。

この人と、これからの人生を共にしていく。そんな事実が、実感と共にすとんと胸に落ちてきた瞬間だった。

視線を戻したら鳥の姿は見えなくなっていたけれど、そのときナターニアは知った。

空は決して、怖いばかりの場所ではないのだと。

「絶対に、生まれ変わります」

だから——これは約束ではない。誓いだ。

何がなんでも果たすために、言葉にしてアシェルに思いを返す。

「生まれ変わっても、人じゃないかもしれません、けれどっ」

口にしている間に、胸がはち切れそうになる。

ぼろぼろと涙がこぼれて、止まらなくなる。不細工な顔をしている自覚はあったけれど、最後なのだから可愛く笑いたかったけれど、どうしようもない。

どんなに上手に隠したって、アシェルは苦しむナターニアを追いかけてくるような人だから。

歩けなくなったナターニアをおんぶするために、躊躇わず屈み込んでくれるような人だから。

「男の人かもしれませんし、牧場の牛かもしれませんし、野原に生えた雑草かもしれませんし、旦那さまに集《たか》る一匹の虫かもしれませんけれどっ」

アシェルは愛おしげに目を細めている。その瞳からも、涙がこぼれ落ちていた。

「ああ。いいよ」

「……っだから、そのときは」

他の誰かじゃない。

誰かに取られるなんて、いやだ。最初から、ぜったいにいやだった。

こんなに愛おしい人を誰かに譲るなんて、できるはずがなかったのだ。

「わたくしを、もう一度……あなたの妻に、してくれますか？」

力を振り絞って、ナターニアは両手を伸ばす。

浮き上がっていた身体をもう一度だけ、柔らかな温もりが掴み、包んでくれた気がした。

「当たり前だろう。あのときも、言ったはずだ。そんなに結婚したいなら、俺のところに来ればいいと」

それを聞いたナターニアの中で、出会った頃の記憶が鮮やかに甦《よみがえ》る。

（ああ。あのとき、旦那さまは……）

部屋の外から響くノックの音に気を取られて、ナターニアには最後まで聞こえていなかった。

けれどあの日、アシェルはとっくにプロポーズしてくれていたのだ。行き場のないナターニアを妻に迎える気があると、伝えてくれていたのだ。

ナターニアは震えるばかりの口元を、ゆっくりと緩めていく。

「そうでした。そうでしたね、旦那さま」

物が少ないアシェルの部屋にも、アネモネの花が飾ってある。

赤のアネモネは愛。白のアネモネは期待や希望。

ピンクのアネモネは、あなたを待ち望む――。

「大好きです、旦那さま」

「ずっと待ってる。俺のナターニア」

その言葉が最後に聞こえて。

ナターニアの意識は、透き通った身体と共にどこかへと溶けていった。


『――やぁ、ナターニア』

目を開ける。

そこは見渡す限り、どこまでも白い空間だ。

目の前には、一匹の子猫がふよふよと浮いている。

顔はとても小さくて、青色の目はアーモンドの形をしていて。

黒い毛はもふもふと、もふもふーと生え揃っている。

『ごめんね、ちょっとうまくいかなくて……期限が早まっちゃった。もう少し、時間をあげたかったんだけど』

「……謝ることなど、ありませんわ」

ナターニアは、そう首を横に振る。

否、もう振る首はない。ナターニアはまた、身体を失っていた。

とうに失ったものだから、致し方のないことだ。それでも、悲しいと思う。まだやり残したことがあったから。

「力を尽くして、わたくしと旦那さまに奇跡を授けてくださったのですね？」

『……ほんの気まぐれだよ。君が気にする必要はない』

お猫さまは、こんなときも素っ気ない。

だが、言葉の後半にその心情が表れている。きっとナターニアには理解できないほどの苦労や無理をしたのだろうに、お猫さまは気遣わなくていいと言う。

「ありがとうございます」

下げる頭もないから、声だけに力を込める。お猫さまは目を細めて、『気にしないで』と重ねて言った。

「わたくし、生まれ変われるでしょうか？」

胸に残るのは、アシェルと交わした誓いだ。

さて、とお猫さまが首を傾げる。

『魂というのは巡ると言われているけど、人間になるかどうかは分からないよ。動物とか植物とか、鉱石とかに生まれ変わることもあるだろうね』

「…………」

『でも、そうだな。――何かの手違いで、前世の記憶が残ることもあるかもしれないよね。そんなことがあったら、うん、素敵だ』

震える声で、ナターニアはもうひとつの問いを重ねた。

「あなたも、生まれ変わるの？」

『……ぼく？』

こくり、とナターニアは頷く。

お猫さまの耳が、ぴくぴくと動き、目線が宙を彷徨う。

『んー……あんまり自分については、語っちゃいけないルールなんだよねぇ』

困った様子で、前足を舐めている。毛繕いをすることで、お猫さまは心を落ち着かせようとしている。

『まぁ、ぼくには名前もないからね。喋ること自体、あんまりないんだけどさぁ……』

「ケヴィンよ」

お猫さまの舌の動きが止まる。

持ち上げられていた前足が、ゆっくりと下りる。

そんなお猫さまのことを、ナターニアは瞬きもせずに見つめていた。

『……え？』

「あなたの名前、ケヴィンというの。旦那さまと二人で考えた名前よ。女の子だったら、別の名前を用意していたの」

まんまるに見開かれた硝子玉のような瞳。

戸惑いの隙間に、押し殺そうとしても浮かび上がる期待と高揚が見え隠れしていた。

『……なんで……いつ、気づいたの？』

「最初からよ」

一目見た瞬間に、すぐに気がついていた。

アシェルの黒髪と、ナターニアの青い瞳と同じ色を宿した子猫。

幼げだけれど、二人の事情に通じていて、初めて会ったときからナターニアに優しかった。

鼻を小さく鳴らすくせ。照れるとそっぽを向いて誤魔化すところも、アシェルによく似ている。

お人好しなところは、ナターニアに似ているかもしれない。

「……ケヴィン。人に向かってあなたを投げつけたりして、ごめんなさい」

口にしてから、謝るべきはそんなことじゃないのだと、ナターニアは唇を噛む。

涙で声が情けなくにじむ。もう眼球だってないはずなのに、視界は霞がかかったようにぼんやりとしていく。

（ケヴィン………）

最後の日に、どんなにいやがられたって抱きしめようと決めていた。

でもナターニアにはもう身体がない。ケヴィンを抱きしめてあげられない。

なんの温もりも分けてあげられない。それだけがどうしても、心残りだった。

「ごめんね、ケヴィン。産んであげられなくて、ごめんなさい。それなのに……わたくしに会いに来てくれて、ありがとう」

そこまでが限界だった。

耐えられずに、声を上げてナターニアは泣いた。

「ごめんなさい……！　ケヴィン、ごめんねぇ……っっ」

アシェルと抱き合って、たくさん泣いて、すっかり枯れ果てたのだと思っていた。

それなのに、次から次へと涙が溢れてくるのを感じる。身体があったなら、涙どころか鼻水も垂れて、とんでもない有様になっていただろう。

そうして子どものような泣き声に、それこそ子どもの泣き声が加わる。

慌ててナターニアが目を凝らして見れば、そこにいたのは猫ではなかった。母親から受け継いだ青い瞳を涙でいっぱいにして、幼いケヴィンが泣き喚いていた。

『……ママぁ。ママぁ！』

「ケヴィン……！」

『謝らないで。謝ったりしないで。ママ大好きだよ。ママ、泣かないで。ママぁ』

必死に言い募りながら、駆け寄ってきたケヴィンが抱きついてくる。

ナターニアはもう、人の形をしていないのに。

そんななれの果てをケヴィンは小さな手で抱きしめて、わんわんと大泣きしている。

『ママ大好き。ママ泣かないで、ぼく怒ってないもん。ママ、大丈夫だよ』

熱いしずくが、何度もナターニアに降り注ぐ。

ぽたり、ぽたりと温かい涙を受け止めるたび、胸に愛おしさが募っていく。

黒い髪を撫でてあげたい。青い瞳を見つめ返してあげたい。

募るばかりの思いは、膨らんで、弾けてしまいそうだ。

『ママ、何度もぼくのこと呼んでくれたよね。ぼくのこと優しく撫でてくれたよね。ぼくのこと大好きだって言ってくれたよね』

「だって、だってだって、大好き、だものっ」

『呼んで。ママ。ぼくを、もう一度呼んでくれる？』

ずずっ、とナターニアは洟をすする。

「ケヴィン。可愛い子。わたくしたちの小さなケヴィン」

震えて、つっかえて、聞き取りにくい声だ。

それでもケヴィンは嬉しそうだった。ナターニアを抱きしめる手に、ぎゅうと力がこもる。

涙が落ち着くまで、しばらく二人でそうしていた。

『ママ。ずっとぼくは、知りたかったんだ。……ママは、ちゃんとパパのこと、好きだったのか』

「大好きだったわ」

ケヴィンは、ずっと恐れていたのだろう。

自分は望まれた子どもだったのか。だからアシェルを疑うようなことを何度も口にしていた。

「パパもママのこと、愛してるって言ってくれたわ」

『うん。今はぼくにも、ちゃんと分かったよ』

もう、その表情に不安の色はない。

ケヴィンがナターニアに頬を寄せてくる。頬擦りをして、舌っ足らずにナターニアを呼ぶ。

『ママに会いたい』

「会えるわ。何度だってあなたを呼ぶもの。だからケヴィンも、もう一度――わたくしたちのところに来てくれる？」

少しだけ躊躇ってから、こくりとケヴィンが頷く。

『ちょっと怖いけど……ぼく、行くよ。行きたいんだ。ママとパパのところに』

見据える先には、白い輪っかのようなものが浮かんでいる。

「一緒に、行きましょうか」

『うんっ』

二人はしっかりと手を繋いで、歩きだす。

待ち受けるように光るそれは、出口だろうか。何かの入り口なのだろうか。

あるいは、この先に待っているのは果てのない暗闇だろうか。

ちょっと怖い、とケヴィンは震える声で言った。この先には——暗闇よりももっと恐ろしいものが、待ち受けているのかもしれない。

(だけど、越えた先には)

もう一度会いたいその人が、待っているはずだから。

ナターニアは、握った手にぎゅっと力を込める。ケヴィンも懸命に握り返してくれる。

ケヴィンと一緒にいると、失ったはずの身体の感覚をほんのわずかに感じられる。温かさが広がっていく。

『ママ、怖くない？　大丈夫？』

こんなときにも、ケヴィンはナターニアを気遣ってくれる。

その優しさに、胸の真ん中がきゅうとして、ナターニアはふるふると首を振った。

「ママ、平気よ。ケヴィンは？」

『えー。ママと一緒だもん。もう、なんにも怖くないよ』

「ママも、ケヴィンがいるから大丈夫」

くすくすと笑い合いながら。

二人は、光の輪へとまっすぐに進んでいった。

?日目

？日目

町の雑踏の中。

ウェーブがかかった髪を三つ編みに結い上げた少女が、ひとりで歩いている。

そろそろガス灯にも明かりが灯る時間帯なので、家に帰らなければならない。

路地で出会った黒猫を撫でていたら、いつの間にか夕方近くなっていたのだ。誘惑するようにお腹を出して伸びをしてみせるものだから、心置きなく撫でさせてもらえたのは良かったのだが。

「ええと、ええと。残りのお買い物は、と……」

母親から渡されたメモを取りだして、上から順に見ていく。

夕飯の買い物はほとんど済ませたはずだ。あとは――。

「そうだったわ。明日の朝食のパン！」

こんがり焼いたチーズを載せた白パンは、少女の大好物でもある。

成人したら、チーズをつまみにワインで乾杯しようと父と約束した。

あと半月で、少女は成人を迎える。いよいよそのときが迫っているのだと思うと、わくわくと胸が弾む。

「……あら？」

ふと、路を走る馬車から視線を感じた。

貴族の家紋が入った立派な馬車だ。乗合馬車にしか乗ったことのない少女にとっては、ほとんど別世界の乗り物である。

気のせいだろうと思ったが、直後にその馬車が道の端で停止した。

なんとなく立ち止まっていると、馬車のドアが開く。踏み台をすっ飛ばして下りてきたのは、身なりのいい黒髪の紳士だった。

（まぁ。なんだかとっても慌てているみたい）

帽子やステッキを手にするのも忘れるという、すごい慌てぶりだ。

何か、馬車から落とし物でもしたのだろうか？

そう思った少女は、轍《わだち》がついた石畳を見回してみたが、それらしいものはない。残念ながら役立てそうもなかった。

もう少し近くを探してみようかと考えたとき、頭上に影が差した。

顔を上げると、その男性と目が合った。

艶めく髪。憂いを帯びた紅い瞳。

整った鼻梁《びりょう》に、わずかに開かれた薄い唇――。

「ひゃっ」

びっくりして、少女はたたらを踏む。

男は目を見開き、黒い手袋に包まれた手を伸ばそうとしたが、寸前で動きを止めた。

行き場をなくした手の先で、少女が限界まで目を見開いていたからだ。

「驚かせてすまない。……君の姿が、よく知る人と似ていたものだから」

申し訳なさそうに、男が頭を下げる。

そうしながら、窺うように少女のことを休まず観察している。

「………」

だが、少女は反応を返せない。

手にした大きな紙袋に隠れるように、怖々と男を見ているだけだ。

次第に男の顔には、隠しようのない落胆が広がっていく。それでも何か、意味のある言葉を紡ごうとしたようだが――。

「……いや、気のせい……だな。すまなかった」

力なく呟き、男は踵《きびす》を返す。

遠ざかっていく背中に、少女は声をかけた。

「お待ちくださいませ」

男が立ち止まる。

だが、いつまでも振り向こうとはしない。まるで、現実を思い知るのを恐れるように。

しかしそんな男に、少女は遠慮なく言い放つ。

「あの、本当にびっくりしたのですが」

「……それは、悪いと思っている」

苦虫を噛み潰したような声音だ。

「だが、ここまで似た人を目にしたのは初めてだったから……いや。知り合いと間違えて、声をかけてしまったんだ。すまなかった」

振り向かずに謝罪する男に少女は小首を傾げて、穏やかに微笑む。

「生まれたときから、誰かの呼ぶ声が聞こえていましたの」

「………」

戯《ざ》れ言《ごと》だと思っているのだろう。唇を引き結んだままの男は、言葉を返さない。

少女は、ゆっくりと続ける。

「切なそうに、愛おしそうに、何度もわたくしを呼ぶのです。どんな顔の方かしらって、ずっと気になっていたのですが……想像以上にかっこよかったものですから、びっくりして固まってしまいました」

男の肩が、ぴくりと跳ねる。

「ずいぶんとお待たせしてしまいましたもの。顔とか体型とか、崩れていてもおかしくないですのに、以前にも増して素敵になられた気がしてびっくりしま――いいえっ。どんな御姿に変貌なさっていても、もちろんわたくしの気持ちに変わりはありませんがっ」

聞いてもいないのに、ぺらぺらとよく喋る快活な声。

男は振り返る。ようやく見つけた希望を確かめるように、目を眇《すが》めている。

どこか、まぶしそうに。

「……君は」

青空の色をした瞳を蕩《とろ》けるように細めて、悪戯《いたずら》っぽく微笑む。

彼女の動きに合わせて、ピンクブロンドの髪がガス灯の下で揺れる。

「良かった。ようやく、こちらを見てくださいましたわね？」

ナターニアという名の少女は、エプロンドレスをそれっぽくつまんでみせると。

しとやかに、町娘らしからぬ挨拶の礼をとった。

「――ごきげんよう。初めまして、わたくしだけの旦那さま」


その二秒後。

華奢《きゃしゃ》な身体が男の腕に包まれていたのは、言うまでもないことだろう。

番外編1

あるのメイド会議

番外編1　ある日のメイド会議

「――ちょっと！」

ぎくりとして、クララは手にした花瓶を危うく落としそうになった。

わたわたとしながら、硝子の花瓶をなんとか胸で抱き留めて元に戻す。

危なかったわ。もし割っていたら、お給料の何か月分になっていたことやら。

安堵と恐怖が入り交じった溜め息を吐いてから振り返れば、後ろに立っていたのはケルヴィン男爵家の令嬢マヤだ。

クララが慌ててお辞儀をすると、腰に手を当てたマヤがきつい口調で言い放った。

「この花、地味なんだけど！　薔薇か何かと取り替えてちょうだい！」

また、マヤ・ケルヴィンがわけのわからないことを言いだしたわ。クララは頭を抱えたくなった。

病弱なナターニアの友人を自称し、侯爵邸に入り浸る彼女のことが、クララは苦手である。苦手というより、嵐や台風じみた、災害か何かのようなものだと思っている。

侯爵家について、何か意見を言うような立場にないくせに、どうしていちいち口出ししてくるのだろうか。それも、ナターニアが亡くなってからというものの、ますます調子づいているようだ。

この屋敷の女主人のように、偉そうに振る舞って……。

とりわけクララは、侯爵家に仕えるメイドの中でもいちばん年若い。そのせいでマヤに目をつけられ、こうしてしばしば呼び止められる。同僚の間ではマヤ専属係のように扱われる始末である。

まったく、冗談じゃないわ。

しかし貴族家の令嬢であるマヤ相手に、一介のメイドであるクララが強気に出ることはできない。できるのは顔を青くしつつも、どうにか小さな声で訴えることくらいだ。

「で、ですが、アネモネは奥様がお好きな花でしたから……」

これで、マヤは意見を取り下げてくれるだろうか。

無論、そんなわけがない。むしろナターニアの名前を出せば逆効果である。

クララの言葉を聞いたマヤはといえば、小馬鹿にするようにぷっと噴きだしていた。

「奥様？　侯爵夫人の座はとっくに空いているわよね？　今さら誰のことを言っているの？」

怒りと悲しみで、顔が真っ赤になる。クララはぎゅっと唇を噛み締めた。

「こんなセンスの悪い花、侯爵家に相応しくないわ。今すぐ捨ててきなさい」

すっかり意気消沈したクララは、花瓶を手に取ってのろのろと歩きだした。

後ろからは、まだ何事か叫ぶマヤの声が聞こえてきた。それがますます、クララを惨めな気分にさせる。

そんなクララの鼻腔に、甘い香りが漂ってくる。目を向ければ、腕に抱えた花瓶から、アネモネが淡い香りを届けてくれていた。

まるでクララのことを、励ますように。

「……ぐすっ」

込み上げてきた涙を、クララは慌てて袖で拭った。侯爵家のメイドたる者、こんなことで泣いてはいけない。

「大丈夫よ。ケルヴィン嬢がいなくなったら、また玄関前に戻してあげるから」

花瓶を撫でて、そう伝える。マヤは気まぐれで文句をつけるだけなので、明日になれば花のことなど忘れているだろう。

だから、クララは泣かない。クララが仕える相手はマヤではない。アシェル・ロンド侯爵と、若くして命を散らしてしまった美しい女主人だけなのだから。


クララは、辺境の小さな家に生まれた。

親は農業を営んでいる。家には十人もの弟妹《きょうだい》がいるので、裕福とは言いがたい。長女であるクララが奉公に出ようと決意したのは自然なことだった。

ちょうど公爵家の令嬢を花嫁に迎えるという侯爵家が、大々的にメイドの募集をしていると知り、クララは意気込んで応募した。

辺境を治める侯爵家ともなると、とにかく給金がいいのだ。これならば、実家にじゅうぶんな仕送りができる。十四歳という若い年齢のクララは、無事に合格した。

ロンド侯爵家は、もともと国王陛下の覚えめでたい由緒ある貴族家だったのだが、先代が不幸な事故で亡くなってからというもの、暗雲が立ちこめたという。

先代侯爵の弟が良からぬ陰謀を持つ男で、彼の策略によって侯爵夫妻は命を落としたのだと領内ではまことしやかに噂されているほどだった。

しかし現侯爵であるアシェルは若くして叔父の策謀を見抜き、これを処罰した。当時、まだアシェルは成人してもいなかったのだから驚くべきことだ。

実直な人柄である彼は、日照りや虫害が続いた地域の税を十年間引き上げないことを約束したことで、領民からも広く慕われている。クララの家族も、ぜひ侯爵と奥様のお役に立てるようがんばりなさいと笑顔で送りだしてくれたのだった。


毎日、早朝に目を覚ますと、クララは顔を洗い、素早くお仕着せに着替える。

鏡の前に立ち、くすんだ茶髪を二つに分けて結うと、そばかすの散った頬には軽く化粧を施す。

二重の目はぱっちりとしていて大きいが、鼻が低く、唇はぽってりとしている。自分ではまぁまぁ可愛らしいと思うものの、いわゆる美人と形容されるような魅力的な外見でないことは理解している。

クララの主な仕事は、暖炉や床の掃除。それにときどき洗濯と、買い物などの雑用だ。手が足りないときは、給仕の手伝いに回ることもある。

広い邸宅内を、小さな埃も舞わないよう努めるのがクララの仕事だ。主人たちが使う銀器は、いつもぴかぴかに磨いて美しくしている。

そうして仕事に励む毎日はとにかく忙しかった。実家を恋しく思って泣く暇もないくらいだ。

そんな日々に別段不満はなかったのだが、メイド四人で過ごす相部屋で、消灯前に最も年嵩《としかさ》のアイビーが声を潜めて訊いてきた。

「ねぇあんたたち、奥様の姿を見たことある？」

えっ、それはもちろん、と頷こうとしたクララは、しばらく考えて、むくりとベッドから起き上がった。

「……ないわ」

続々と、同じような声が上がる。

二段ベッドから降りてきたクララは、三人と顔を突き合わせた。

「部屋の掃除係に聞いたのよ。旦那様はああ見えて奥様に夢中で、毎夜のように共寝なさるって」

とっておきの話を披露する、噂好きのアイビー。

「ふむふむ。冷血漢に見える旦那様にも、情熱的な側面があるのね」

帳面に書きつけるのは、趣味でポエムを書くゾイ。

「あの旦那様を射止めるだなんて、噂通り、よっぽど美しい方に違いないわ！」

庭師と恋仲のボニーは、じたばたと悶えている。

そんな彼女たちの話を聞いて、枕を抱きしめたクララはドキドキしてくる。

本当は、あの日——侯爵が結婚式を挙げた日、クララたち四人はダンスホールに詰め、披露宴の準備をしていた。

床を丹念に磨き上げ、次々と皿を運び込み、現れるだろう美しい花嫁をみんなで今か今かと楽しみに待ち受けていたのだ。

だが、姿を見せたのはアシェルだけだった。ナターニアは体調を崩し、部屋に引き上げてしまったのだという。

みんな、あの日のことを思い返していたのだろう。はぁ、とあちこちから残念そうな溜め息が漏れる。

あれから時は流れた。クララが侯爵家で働き始めて、すでに三月《みつき》が経過している。

使用人の顔を見るのも嫌う雇用主だっている。メイドが女主人の顔をよく知らないというのは、上流階級の家ではさして珍しいことではない。

しかし、王都でもその美貌がたびたび話題になったという深窓の令嬢が相手となると、どうしたって気になってしまうものだ。

「実は私……庭の掃除をしていたときに、奥様が窓辺にいらっしゃるところを遠目で見かけたことがあるんだけど」

そこにひとつ、ゾイから驚きの情報が上がる。全員がきゃあっと歓声を上げた。

「ゾイ、やっぱり噂通りなの？　奥様は天使のようにお優しく愛らしい方だそうなのよ」

「そこまではさすがに……すぐに横に侍女が現れて、よく見えなくなっちゃったから」

なぁんだ、と肩を竦《すく》めたアイビーが舌打ちをする。

「あの侍女がいるから、奥様になかなか近づけないのよね」

「仕方ないわよ。奥様は体調を崩しがちだから、侍女の立場じゃ周囲に気を張るものよ」

取り成すようなことを言うボニーだったが、それぞれのメイドの目には隠しきれない闘志が燃えていた。

というのもナターニアの専属侍女として、彼女の実家からついてきたスーザンは、その身の回りのことをすべてひとりで担当している。

髪結いに化粧。衣装選びや小物選び。それに邸宅内での供……日々の食事まで料理長に一任せず、特例として彼女だけは厨房に入って支度しているという。

専属侍女としては鑑《かがみ》のような働きぶりかもしれないが、本当は、ナターニアとお近づきになりたい使用人はいくらでもいる。

そんな有象無象《うぞうむぞう》を蹴散らすスーザンは、まさに鉄壁の侍女といえた。

ナターニアはほとんど部屋から出てくることがない。これではクララたちは、仕える女主人を一目見ることさえ難しい。

「ねぇみんな。私の作戦に乗ってみない？」

アイビーがぎらりと目を光らせる。

「このままじゃ私たち、奥様の顔を一度も見られないままかもしれない。そんなの私はいやよ」

「でも身体の弱い奥様に、何か負担がかかるようなことがあったら……」

おろおろするクララに、アイビーがどんと逞しく胸を叩く。

「大丈夫よ、私に任せて。いい作戦があるの！」


そう豪語したアイビーの考えた作戦自体は、至ってシンプルなものだった。

翌日から、クララたちはそれぞれ持ち場の掃除を終えたり、偶然ひとりになったタイミングを見計らって、ちょこちょこと玄関前を窺うようになった。

そうして秘やかに作戦が始まってから、ちょうど三週間が経ったとき。

彼女たちにとって待望の客人が、侯爵邸に姿を見せた。

「ここは本当に陰気くさいわね！　女主人が病に取り憑かれているせいかしらね！」

相も変わらずとんでもなく無礼な発言をしながら現れたのは、マヤ・ケルヴィンである。

事前に連絡もなく現れたマヤは、侯爵家にとって招かれざる存在ではあるが、玄関前に集結したクララたちにとってはそうではない。

「敵の敵は、味方だというわ。私たちは今日、ケルヴィン嬢のメイドとして行動するのよ」

アイビーに耳打ちされたクララはこくりと頷き、マヤに接近していく。

「マヤお嬢様、ぜひお供させてください」

「あら、珍しい。あなたたち気が利くじゃないの」

感心したように、マヤが片方の眉を上げる。いつもは呼びつけないと誰もマヤには寄りつかないので、機嫌が良さそうだ。

「いいわ。じゃあさっそく、あのいけ好かない女の部屋に向かうわよ！」

威勢良く歩きだすマヤに、四人のメイドはしずしずとついていく。

一階の角部屋が、ナターニアの私室だ。何事かという目を他の使用人たちに向けられながら、五人の女たちは広い廊下を突き進んでいく。

そしてマヤの声は甲高くやかましいので、ドアをノックする前に、その部屋からひとりの侍女が現れた。

言うまでもない。ナターニアの侍女、スーザンである。

「……何度申し上げればお分かりになるのでしょうね、ケルヴィン嬢。いらっしゃる際は、事前にご連絡くださいとお伝えしていたはずですが」

「手紙を出しても、あんたが破り捨てるじゃない。あたくしが気づかないとでも思って？」

「奥様に届いた手紙を破り捨てたりしません。ああ、薪の足しになるかとミミズの這った紙束を暖炉に投げ込むことはありますがね」

「……言ってくれるじゃないの、侍女風情が」

「男爵家の令嬢風情が相手ですので」

両者は激しく睨み合う。

余波を喰らっただけで、クララは身震いしてしまった。ゾイやボニーの顔色も悪い。

「もう少しの辛抱よ、あんたたち」

アイビーの励ます声を聞き、クララたちが気力だけでその場に佇んでいると。

「スーザン、いつまでもマヤ嬢を廊下に立たせていてはだめよ。お通ししてちょうだい」

室内から小鳥のような声が聞こえて、はっ、とクララは目を見開いた。

そう。アイビーの調査によれば、スーザンがマヤを一目見てしっしと追い返さない日というのは、ナターニアの調子がいい日に限られるのだ。

つまり今日、マヤの給仕を担当する振りをすれば、必然的にナターニアに目通りが叶う——そういうわけだった。

(まさか厄介者のマヤ・ケルヴィンが、役立つ日が来るなんて!)

主の許可を聞くなり、マヤは勝ち誇ったような顔でずかずかと室内に踏み込んでいく。そんなマヤに、意気込んでクララはついていった。

その直後だった。

ベッドに座る彼女と、目が合ったのは。

「あ……」

クララはしばらく、状況も忘れて見惚れてしまった。

白いシーツに広がる、ピンクブロンドの豊かな髪。ショーウィンドウを眺めるだけの宝石店に並ぶ、どんな宝石よりも輝かしいサファイアの瞳。

整った鼻筋。小さな唇。白く清らかな肌に、細く華奢な手足。ガウンをまとっただけの寝衣姿なのに、彼女の姿には気品が漂っている。

見目麗しい女主人を前にして、クララの頬にはあっという間に熱が上った。

「まぁ、あなたはクララね。お父上が農業を営んでいるっていう……」

だから、まさか目が合った直後に名前を呼ばれるなんて思いもしなかったのだ。

「え？　どうして……」

なぜナターニアが、この美しい奥方が、クララなんかの名前を知っているのだろう。

しかも、父の職業まで把握しているなんて。狼狽えるクララだけでなく、アイビーたちも戸惑った顔をしている。するとナターニアが、すぐに種明かしをした。

「驚かせてごめんなさい。侯爵家に嫁いだときに、旦那さまに使用人名簿を見せてもらったの」

「……まさか、私ども全員の名前を覚えているのですか？」

「もちろんよ、アイビー。そっちはゾイとボニーよね」

誇るでもなく、ナターニアがひとりひとりに目を向けて名を呼ぶ。

そりゃあ確かに、ナターニアが過ごしてきた公爵家よりも、雇われている使用人の数は少ないだろうが——それにしたって、名簿に記される名前は五十近いはずだ。

クララも同僚の名前は、仕事上関わり合いのある相手のものしか記憶していない。それなのにナターニアは、瞳に親愛の情をにじませて嬉しそうにしている。

「アイビー、ゾイ、ボニー、クララ。みんな、侯爵家のためにいつも一生懸命に働いてくれてありがとう。これからもどうかよろしくね」

「は、はい！」

全員で整列し、勢いよく頷く。感極まりすぎて、ボニーなんか洟をすすっている。

「仕えている家の主人に、名前を覚えてもらえるなんて……初めてのことだわ」

アイビーが掠れた小声で呟く。

召使いは、単なる召使いだ。入れ替わりも激しいものだから、雇い主がそのひとりひとりに目を向けるなんてことまずない。いくらでも替えが利く、そういう職業である。

でも、単純なことだけれど、ちっぽけなメイドや小間使い全員に名前があって、人生がある。ナターニアは、この美しい女主人はそれを分かっているから、名簿に目を通してくれたのだ。

「ではあの、お二人のお茶の準備をさせていただきますね」

もっと、奥様と話がしてみたい。いろんな表情が見てみたい。そんな思いで、クララはやっとのことで申し出た。それが本来の目的でもあったのだ。

「けっこうです」

――が、その申し出はばっさりと却下されていた。

ナターニアの傍に控えるスーザンによって、である。

「奥様は寛大な方ですが、このように大人数で押しかけられてはご負担になります。その程度のことさえ、侯爵家のメイドは察せられないのでしょうか？　最低限の教育も受けていないと？」

過激な口撃は、しかし的を射ている。クララたちは揃って押し黙ってしまった。

「もう。スーザンったら、大袈裟よ。今日は調子もいいから大丈夫なのに……」

「奥様はお優しすぎます。一度甘い顔をすれば、こういう輩《やから》はつけあがります」

ひどい言われようだ。それでも、やっぱり言い返せない。

「私たち、持ち場に戻ります。このたびはお騒がせして申し訳ございませんでした奥様、スーザンさん」

年の功というべきか、代表してアイビーが謝罪する。

スーザンもさすがに、追い討ちをかける気はないらしい。

「いいのよ、反省してまたせいぜい職務に励みなさい！」

マヤは励ましかどうかもよく分からない言葉を口にしている。

クララたち四人はとぼとぼとドアから出て行きつつ、そんなマヤに恨みがましい視線を送った。

全員の目が、お前は残るのか……と言っている。

「今日はありがとうね。みんなと話せて、嬉しかったわ」

しかしそんなナターニアの温かな言葉に見送られたものだから、四人はすっかり笑顔になる。

こうして、メイドたちの作戦は大成功を収めたのだった。


……収めた、のだが。

「ねぇ、奥様ってどんな色がお好きなのかしら！」

「それはやっぱり、淡くて優しげな色じゃない？」

「それは奥様の好きな色じゃなくて、似合う色じゃないの！」

「そもそもあの方に似合わない色なんてないわよ！」

メイドたちによる会議は、ますます白熱していた。

全員がすっかり、ナターニアの人柄に魅了されてしまったのである。もっともっと奥様のことが知りたい、という欲求は止まるところを知らず、メイド部屋はてんてこ舞いである。

しかし気持ちが高まれば高まるほど、全員感じてもいた。

今後、スーザンの目はさらに厳しいものになるだろう。ナターニアに近づくのに、もう同じ手は使えそうもない。

そこでアイビーが、クララに目を向ける。

「クララ、あなた、あの侍女に奥様のお好みを訊いてきてちょうだいよ」

「えええっ」

人を寄りつかせないスーザンだが、彼女個人であれば接触する機会がわりとあるのだ。いいじゃないのとゾイとボニーまで盛り上がっている。

無理難題を押しつけられたクララは、ほとほと困り果てた。

「無理です、あたしには。ぜったい無理！」

今もスーザンの凍りつくような視線を思いだすと、ぞぞっと背筋に震えが走るくらいなのだ。

「そこをなんとかしてみせて。マヤ・ケルヴィン専属係なら、できるわ。むしろあなたにしかできないことよ」

だから、専属係じゃないってば。クララは先輩相手に怒鳴りそうになった。

「その勢いで、スーザン専属係にも就任するのよ」

みんな好き勝手言っている。クララは頭が痛くなってくる。

「それにあの侍女に近づけば、また奥様と会えるかもしれないわよね」

「えっ」

だが、そんな一言を囁かれて気が変わる。

奥様、ナターニア奥様……美しい人だった。それ以上に、とっても優しい人だった。

日だまりのように温かい彼女ともう一度会えたのなら、それこそクララは天に舞い上がってしまうかもしれない。

「じゃ、じゃあ、やってみようかしら」

三人は顔を見合わせ、よしと頷き合う。自分がけしかけられているとは気がつかない、まだまだ幼いクララだった。


「スーザンさん。お伺いしたいことがあるのですが」

明くる日、スーザンがナターニアの部屋を離れた瞬間を見計らい、クララは彼女に声をかけた。

季節は初夏。昼間から暖炉の火を熾《おこ》しては熱いので、薬草茶を淹《い》れるのにもスーザンはナターニアの部屋を離れて厨房で行うようになった。

振り返ったスーザンは、訝しげな顔をしている。

彼女は冷たい雰囲気を持つ、ナターニアとは異なるタイプの美人だ。

エルフの血が混じっているというスーザンの耳は尖っている。そのせいか彼女は、どこか神秘的な気配がする。目の前にすると、自分とは違う生き物なのだと思い知るようで、クララは背筋がぞくりとする。

だが、圧倒されるばかりで「なんでもありません」とそそくさ立ち去るわけにはいかない。

勇気を振り絞って、クララは質問を繰りだした。

「あの、奥様のお好きなものについて、教えていただけませんか！」

しばらく、時間が止まる。

クララの心臓も止まりそうだったのは言うまでもない。スーザンから注がれる視線が、あまりに冷たいものだったからだ。

「……なんのために、そんなことを？」

情報を得て、何かに悪用するつもりか。お前は間諜《スパイ》か何かか。そんな声なき声が聞こえてくるようだ。

「あ、あたしは奥様の専属侍女ではありませんが、ロンド侯爵家に仕えている者です。旦那様や奥様に、より良い生活をしていただきたいと心から願っています」

震えながら、余計な口を挟まれないようにクララは言葉を紡ぐ。

「スーザンさんは、奥様の信頼厚い優秀な侍女です。奥様のことで、知らないことはひとつもないのではないかと思います。スーザンさんと一緒にいるときの奥様は、いつも安心されているように見えます」

胸に手を当てて訴えるクララは、おべっかも使う。

そもそもクララがナターニアを見たのは一度だけなのだが、そのことは関係ない。とにかく、この鉄壁の侍女の心を動かす言葉が今は必要なのだ。

スーザンは心動かされたようには見えなかったが、クララの発言は何かしら彼女の琴線《きんせん》に触れたらしい。

「ええ、その通りです。私は奥様に信用されています。あの男よりもよっぽど私のほうが……なのに……」

「え？　あ、あの？」

下唇を噛んだスーザンが、何やら不穏なことを呟いた気がする。よく聞こえなかったが。

首を傾げるクララを前に、スーザンはこほんと咳払いをした。

「いえ、なんでもありません。……奥様は、アネモネの花が好きです」

「アネモネ……」

派手な花ではないけれど、なんだかナターニアのイメージにぴったりだと、クララの気持ちが和む。

「用件はそれだけですね？　では私はこれで」

スーザンが踵を返す。

「あ、ありがとうございます！」

離れていく背中に、クララは頭を下げた。

「……あっ」

それから、本当はナターニアの好物や、好きな色や、好きなレースデザインについても訊きたかったことを思いだしたクララだったが——その頃にはスーザンの背中は見えなくなっていた。

ナターニア奥様は、アネモネの花がお好き。

有力な情報を得たクララだったが、しかしこの情報の使い道について、どうしたものかと悩んでいた。

アネモネの花を、花瓶に飾ってくださいと贈るべきだろうか。

それとも、アネモネをモチーフにした装飾品を探してみるのはどうだろう。

いろいろと考えてみるのだが、あまりしっくり来ない。

「うーん……」

庭園の掃き掃除をしながら、大きな溜め息を吐いていたクララの耳が足音を拾う。

誰だろうと目を向けてみたクララは、息を呑んで柱の陰に隠れた。

「旦那様だわ」

庭に出てきたのはアシェルだった。

書類仕事の合間、従者も連れずに気分転換に出てきたのかと思われたが、それにしては変な動きをしている。

彼はアーチをくぐるでもなく、だからといって花に目を向けるでもなく、小川にかかる小橋に立ち尽くしたかと思えば、ナターニアの過ごす部屋に視線を注ぎ続けているのだった。

が、部屋の窓にはカーテンがかかっている。それが開く様子もまったくない。

「なんなの、あれ。もどかしいわね」

クララは毒づいた。

身分違いの令嬢に恋い焦がれるガキんちょの恋ではないのだ。遠くからばれないように見つめるのではなく、部屋のドアをノックして調子がいいなら散歩はどうかと誘ったほうがよっぽど早い。散歩の最中、妻の手を花に見立てて口づけを落としてもいい。跪《ひざまず》いて一本の薔薇の花を捧げるのもいい。とてもロマンチックだ。二人は夫婦、しかも新婚なのだから、そのように愛を育んでいくものであろう。

まさか夫であるアシェルまで情けないことに、小姑スーザンを恐れているわけではあるまい。そう思うのに、アシェルは遠くからナターニアの部屋を、切なげに目を細めて見守るばかり。まるで窓が自分に向かって開いてくれる奇跡を待ち焦がれているかのようである。

……これではスーザンの監視がある中、マヤという凶暴な矛《ほこ》を使って突撃したクララたちのほうがよっぽど勇敢ではないか。

しかもクララはひとりであのスーザンにも立ち向かい、ナターニアの好みの花について聞きだしている。メイドというより、戦場でただひとり生き残った勇猛果敢な戦士といえよう。

だんだんと苛立ってきたクララは、先日観劇した舞台を思い返していた。実家に仕送りをしたあと、残ったお金でチケットを買い、初めて目にした舞台のことを。

「まったく情けないわ。そういうときはね、窓に小石を投げて、ロマンチックに呼びかけるのよ！　ああ我が愛おしき妻よ、その春の花のようなかんばせを見せておくれ、でないと僕の心は、凍《い》てついた地で眠りについてしまうだろう――」

俳優になりきったつもりで、箒《ほうき》を手にくるくる回転しながら気障《きざ》な台詞を真似ていると。

ばっちり、アシェルと目が合った。

「ひわっ」

クララは素っ頓狂な悲鳴を上げて、硬直する。

まさか、聞こえていた？　いや、そうなると、もはやクララは首を落とされても文句が言えない。

クララは、とりあえず頭を下げた。何事もなかったように箒を動かし、庭を掃く。地面が抉《えぐ》れるくらい掃き続ける。

だが残酷なことに、男性のものである足音はすぐ背後まで迫っていた。

「何か俺に言いたいことでもあるのか」

前置きも何もなく、アシェルはそう言い放った。

「え、えっと旦那様、それは」

平身低頭、彼に向かい合ったクララは目を泳がせて考える。

言いたいこと。言いたいこと……クララは、必死にそれっぽいことを絞りだそうとした。だが、窮地から脱するためのヒントは何も頭の中に浮かんでこない。

どうしよう。あたし、ここで殺されるかも。

奥様、どうか哀れなクララをお救いください……ナターニアの笑顔が脳裏をよぎったとき、クララの頭に天啓のような閃《ひらめ》きが降ってきた。

そうだ、そうだわ。

今こそあの情報を役立てるときじゃない！

「旦那様。実は、独自の調査で耳寄りの情報を入手してまいりました」

急にメイドが間諜のようなことを言いだしたので、アシェルは不審に思ったことだろう。だが、不遜《ふそん》に腕を組んだ彼は先を促してきた。

「聞かせろ」

「なんと、なんとですよ。奥様は、アネモネの花がお好きなようです！」

庭の一角に、静寂が訪れる。

つまらない、花の話なんぞどうでもいい、と一蹴《いっしゅう》されるだろうか。その可能性はある。

だがクララは賭けていた。自分の目で見たもの、耳で聞いたものを、信じようと決めていた。

ナターニアの眠る部屋を見つめるアシェルの眼差し。

唇がほんの少し動いて、その名前を大切そうに辿っていたこと。それを知ってしまった以上、この情報は、この不器用そうな主人のために使うべきだと思ったのだ。

アシェルはしばらく沈黙していたが、クララの思った通り、無視して通り過ぎたりはしなかった。

「俺は、花について、詳しくない」

「は、はい」

たったひとつの弱点を明かすような神経質な口調で告げられて、クララは、そうだろうなと思った。仕事一筋で冷徹なアシェルが花に詳しかったら、ちょっと怖い。さすがに口には出さないが。

アシェルは眉間に皺を寄せながらも、教えを請うように続ける。

「アネモネというのは、どんな花なんだ」

「は、はいっ。アネモネは、春に咲く花です。今は初夏ですので、参考に押し花を用意しております。それと、図鑑もありますが」

ふむ、と彼が顎に手を添える。

「分かった。一度場所を変える。その二つを持って俺の書斎に来い」

「承知しました！」

クララはすぐさま部屋に戻り、押し花と図鑑を手に書斎に向かった。

ノックするなり返事があった。肘掛け椅子に座るアシェルに目線だけで催促され、栞《しおり》を挟んでおいたページを彼の前に開く。

アネモネについて解説されたページを、アシェルは食い入るようにして読んでいる。

――それは間違いなく、恋に落ちている男性の顔だった。

恋を知らないクララでさえ、その色づいた頬を見れば、すぐにそうだと分かってしまったのである。

「この花は、春以外の季節に咲かせるのは可能なのか」

「庭師に確認しましたが、それは難しいようです」

「そうか、庭師も呼ぶべきだな」

「先ほど声をかけましたので、もうすぐ来ると思います。町の花屋にも連絡を取りましょう」

それと、とクララは一本の指を立てる。

「旦那様、アネモネの花言葉を教えてさしあげますね。色によって花言葉は異なりますから、お気をつけください」

「……花言葉というのは、なんだ」

意中の女性の前では格好つけてばかりの男の人というのは、十四歳の娘が知っていることすら知らないらしい。

赤のアネモネの花言葉を教えてあげたら、アシェルはどんな顔をするのだろうか。

奥様に、見せてさしあげたいわ。クララはそんなことを思いながら、真面目な表情を作り、できの悪い生徒に言い聞かせるように講義を始めるのだった。

番外編2

愛おしい日々の続き

番外編2

愛おしい日々の続き

ぱちぱちと、焚き火の音が弾けている。

暖炉で薪が燃える音を聞きながら、肘掛け椅子に腰かけたナターニアは針と糸を手にしていた。

「……よし、上手にできたわ。どうかしら？　小鳥の刺繍《ししゅう》よ」

「とても素敵です」

隣の彼女に見せれば、こくこくと頷く。何を見せても褒めてくれるので、いまいち信用ならないのだが、単純なナターニアは「そう？」と喜んでしまう。

辺境の冬は冷え込む。森からは凍ったような強い風が吹きすさび、路面は凍結する。

極力外出しないようにと言われているナターニアは、自分がよく転んだりする自覚もあるので、大人しく暖かな家の中で過ごしている。

最近は特に刺繍に熱を入れていた。肌着や洋服、それに靴下などに、小鳥や兎、小さな猫やアネモネの柄を刺繍するのだ。

時間をかけてちくちくと刺繍するのは、昔のナターニアには難しかったけれど、スーザンや他のメイドたちにコツを教わりながら取り組むうちに、少しずつ上達している自覚がある。

うふふ、と微笑むナターニアの肩は揺れている。

「よだれかけも、何枚あっても足りないわ。どうしましょう」

「売りさばけるほど大量に注文してあります、奥様」

「バースボードにビーズを縫いつけて刺繍するのも、楽しみだわ。この子のあんよは、わたくしの手のひらより小さいのよね。どうしましょう、想像するだけで可愛いわ」

「気が早いです、奥様」

毎日ちくちくしていても、時間が足りないような気がする。焦燥感は、未来への期待の色に染まっている。

部屋の外から物音がした。使用人の声を聞くに、屋敷の主が帰宅したようだ。

「奥様、いけません」

ナターニアは立ち上がろうとしたけれど、すかさずスーザンに止められる。むぅと頬を膨らませるが、数日前に出迎えて転倒しかけた失態を思いだして、我慢することにした。

間もなくノックの音が響く。返事をして、ドアが開くまでの一秒未満が、ナターニアには途方もなく長く感じられる。

「旦那さま、お帰りなさい」

ナターニアが笑顔で呼びかければ、鼻の頭を赤くしたアシェルが柔らかく微笑む。

「ただいま、ナターニア」

コートを脱ぐ手間も惜しいとばかりに、額に口づけられる。

「外は寒かったでしょう、早く暖炉に当たってくださいませ。お湯も沸かしてありますから、先にお風呂でも」

「いい。平気だ。君の額が温かいから」

離れていた間に、アシェルは口がうまくなった。

こんな口説くような物言いをどこで、誰相手に覚えてきたのかと、再会した当初はナターニアもジェラシーを感じ、悶々《もんもん》としたものだった。

しかしそれとなく確認したところ、ナターニア相手にはなるべく本心を口にするよう心がけているのだと打ち明けられてしまえば、文句のひとつも言えるはずはない。

優しすぎるけれど口下手だった人が、妻のためにと惜しみない愛情の表現方法を懸命に考えてくれたのだから、むしろ愛おしさが募るばかりだ。

(こんなわたくしが彼の再婚相手を探していただなんて、おかしな話です)

それこそ、もしもアシェルが早々にどこかの令嬢と再婚を決めていたなら、未練と後悔だらけになったナターニアは今も地上を彷徨い続けていたかもしれない。考えるだに恐ろしい。

やや赤い顔をした彼は、同じ色の頬をしたナターニアの手元に目をやった。

「今日も刺繍をしていたのか。くれぐれも無理はしないでくれよ」

「旦那さまったら心配性です。わたくし、もう昔とは違うのですよ?」

そう窘めるナターニアだが、心配性なのはアシェルとそう変わらない。誰も彼もが、いつも誰かしらのことを心配しているのが最近の侯爵家の日常だ。

「身体が弱くないとしても、妊婦なのだから気をつけないと。産婆は何か言っていたか？」

アシェルがナターニアの侍女――スーザンに目を向ける。

五十近いスーザンだが、彼女はナターニアが子どもの頃とほとんど変わりなく美しい。長命なエルフの血と人の血を持つスーザンは、人よりもずっと長い時間を生きるのだ。

長い赤茶色の髪を腰で結わえたスーザンが、笑顔で頷く。

「母子ともに今のところ問題はないとのことでした」

「そうか。良かった。……ところで、ナターニアと二人で過ごしたいんだが」

アシェルが耐えかねたように口にすれば、温かかった空気が凍りつく。

「……ええ、分かっていますとも。私が邪魔なのでしょう？」

刺繍枠を置いて立ち上がるスーザンに、アシェルは鼻白んでいる。

「ですが一言だけ申し上げます。奥様は身重なのです、くれぐれもご無理をさせることのないよう。その指の一本でも触れないようご自重ください」

「俺をいつでもサカッている猿か何かだと思っているのか？」

「否定はしません」

「もう、子どもみたいに喧嘩《けんか》しない！」

ナターニアが注意すれば、二人ともばつが悪そうに口を噤む。

顔を合わせるとナターニアを挟んで応酬する二人ではあるが、スーザンは二十年近く侯爵家に仕えている。相変わらずそりは合わないようで、諌《いさ》めるのはナターニアの役割だ。

「それでは奥様。何かありましたらお呼びください」

「ええ、ありがとうスーザン」

スーザンが部屋を出て行くと、アシェルは彼女の座っていた肘掛け椅子に腰を下ろした。

「旦那さま、頭が濡れています。お拭きしますね」

手元にタオルを用意したナターニアはよいしょと立ち上がろうとしたのだが、すかさずアシェルに両肩を優しく押さえられ、しかもタオルまであっさりと奪われてしまう。

絶句するナターニアの目の前で、アシェルが濡れた頭をごしごしと拭く。

「もう、旦那さま！　わたくしが拭いてさしあげたかったのに」

唇を尖らせるナターニアに、アシェルは弱った顔を見せる。

「……お腹に負担がかかる」

「ですから、心配しすぎです。少しは動かないと、むしろ良くないのです」

妊娠して二十五週目を迎えたナターニアのお腹は、すっかり大きくなっている。つわりは一般的な妊婦より長くて辛かったが、なんとか乗り越えて、最近はというと食欲が旺盛になってきた。

そういうときは、ナターニアは気にせず食事を楽しむことにしている。食べすぎには気をつけなければならないが、お腹の子に栄養が届いているのだと思うと幸せな気持ちになる。

「そういえば明日には雪が止みそうなので、また両親が遊びに来たいと言っていました」

「君のご両親だ、いつでも構わない。迎えの馬車を用意しよう」

平民の家に生まれ変わったナターニアが、侯爵であるアシェルと結ばれるには紆余《うよ》曲折があった。

まずは時間をかけて、両親を説得した。二人を驚かせないよう、生まれ変わりの件については伏せつつ愛を証明するのは非常に困難だったが、最終的にはアシェルの根気強さと粘り強さに二人が押し負けたような具合だった。普段から手紙で連絡を取り合っていて、親子関係は変わらず良好である。

次にナターニアは、爵位のある家の養子とならなければならなかった。平民という立場のままでは、どうにか侯爵家の夫人になれたとして、苦労するのが目に見えていたからだ。今後のためにも後ろ盾は必須であった。

このとき力を貸してくれたのが、なんと、マヤの実家ケルヴィン男爵家である。

マヤ自身はもう別の貴族家に嫁いで、七人もの子宝に恵まれて夫婦円満に過ごしていたのだが、彼女はナターニアを見るなり散々に罵倒《ばとう》してきた。

『こんなのほほんとした女をあたくしが見間違えるはずがない』『生まれ変わってまで同じ男に嫁ぐという執着心には畏《おそ》れ入る』『ぴちぴちの肌を見せつけてきて腹が立つ』などと宣《のたま》いつつ、あっさりとナターニアの生まれ変わりを信じると、実家宛に養子の件について頼む手紙を書いてくれた。

今では、たまにお茶をする仲である。

前世のナターニアの両親は——五年前に母が他界し、その数か月後に後を追うように父もまた、この世を去ったという。

フリティ公爵家は甥が継いで盛り立てている。ロンド侯爵家との交流はないに等しいものとなった。

(旦那さまと再会してから、もう二年になるのですね……)

月日が巡るのは早い。再会してからの日々は騒々しく、毎日やることだらけで目が回るようだった。最近になって、ようやく落ち着いてきたところだ。

ナターニアは今年で十八歳になった。アシェルは三十八歳だ。中年と言われる年齢に近づいてきたアシェルだが、彼の凜々《りり》しい美貌にはますます磨きがかかっている。紅の瞳には近寄りがたい鋭さだけではなく、温かな優しさがにじむようになった。

何十年も先、やがて彼は美しい老人になるのだろう。ただ、別にどんなアシェルでもいいのだとナターニアは思う。

それこそ、ナターニアがどんな姿をしていても見つけると、アシェルが言ってくれたように。

「……あら、ケヴィン？」

ふいにナターニアが口を開いたので、アシェルが首を傾げる。ナターニアははにかんだ。

「今、お腹を蹴ったのです。まだ性別も分かりませんが……ケヴィンと呼ぶと、もっと元気に蹴ります。この子は、きっと男の子ですね」

よしよし、とナターニアはお腹を撫でてやる。

視線を感じて見やると、アシェルがじぃっとナターニアの腹部を見つめていた。

「旦那さま、触ってみますか？」

そう提案してみると、アシェルが眉根を寄せる。

「俺が触ると、この子はいやがるだろう」

渋い表情には理由がある。先日、胎動していたときにアシェルが手を触れたら、お腹の子がぴたりと静かになってしまったからだ。別に何事もなかったのだが、あの出来事はアシェルにとって軽いトラウマになっているらしい。

くすりと微笑んだナターニアは、アシェルの骨張った手をそっと引いて導く。

「では、耳を当ててみてください。大丈夫ですから」

緊張した面持ちのアシェルが椅子から立ち上がって近づくと、お腹に優しく耳を当てる。

きっとお腹の中のケヴィンは固唾《かたず》を呑んで、アシェルと同じくらいドキドキしていることだろう。

けれど数秒後には、とんとん、と何かを確かめるように、ナターニアのお腹を蹴るに違いない。

ここにちゃんといるよ、と伝えるために。

愛おしい光景を、まなじりを下げてナターニアは見守る。

煌々《こうこう》と燃える暖炉の炎は、そんな家族三人を温かく包み込んでいた。

番外編3

小さな黒猫を追いかけて

——ケヴィンがいなくなった。

そう言って真っ青な顔で俯くメイドたちに、アシェルは目線で続きを促した。

五歳になったケヴィンは、体力もついてきて、最近は外遊びが楽しくて仕方ないようだ。行動範囲は日に日に広がり続け、最近では屋敷内のみならず、庭を走り回ったりするようになった。活発すぎて、彼には子ども部屋では狭すぎるようである。

今日もメイドと一緒に庭で遊んでいた。お気に入りのマドレーヌを食べたあとは、花に留まった蝶を見てぼぅっとしていたらしい。少し目を離した隙にその姿が見当たらなくなっていたのだと、震え声でメイドのひとりが言う。

放っておいたら首でも吊りそうな顔色をしたメイドたちに、アシェルは言った。

「いなくなったといっても、遠くには行っていないだろう。屋敷のどこかにいるはずだ」

五歳の子どもは好奇心旺盛だ。何か蝶々以外の興味深いものを発見して、ふらふらと歩きだしたのだろう。

しかしケヴィンは物わかりが良く、ひとりで屋敷の外に出ないようにという母親との約束をしっかりと守っている。

「誘拐でもされていなければ、だが」

「……お坊ちゃま、何者かに拐《かどわ》かされたのでしょうか！」

「お休みのスーザンさんとクララさんから、しっかりお世話するようにと任されていたのに！」

わっとメイドたちが床に伏して泣きだす。

冗談のつもりだったのに、と眉を寄せるアシェルの肘を、つんつんと隣に座る彼女がつついてくる。

「もう、旦那さま。旦那さまの冗談は分かりにくいのです」

「……そうか。慣れないことはするものじゃないな」

「大丈夫ですわ。もっとわたくし相手に練習してくださいませ」

うふふ、と微笑む幼い妻の横顔。そこにアシェルは、ケヴィンのふっくらとした横顔を重ねた。

親のひいき目もあるだろうが、ケヴィンは子どもながらに整った容姿をしている。

緩やかにウェーブする黒髪。キラキラと輝く、大きくぱっちりとした青い瞳。

食べ物を詰め込んでいるわけでもないのに、いつだって薔薇色の頬はふくふくと幸せの形に膨らんでいる。アシェルとしては、容姿も性格も、母親によく似て健やかに育ってくれたとほっとしている。アシェルに似ていたら、目つきの悪い陰険な黒猫のように育っていただろう。

そうしてとにかく愛らしいケヴィンだから、遊び係に立候補する使用人は後を絶たない。アシェルが子どもの頃から家にいた老齢の執事さえも、ふと見かけたら相好を崩してケヴィンと手を繋いでいたりする。ケヴィンは人懐っこい子で、誰が相手でもにこにこと明るく笑っている。

「それではケヴィンを捜しに行きましょう、旦那さま」

「そうだな」

せっかくの夫婦水入らずのお茶会だったが、それどころではない。早くケヴィンを見つけてやらなければならない。

アシェルは頷き、ナターニアに手を差しだした。

その手を、笑顔の彼女が取る。そんな些細なことに幸せを感じるのは、手すら握れなかった苦痛をアシェルが知っているからだ。

「サラとメグも、お願いできる？」

ナターニアが小首を傾げれば、二人の新人メイドはこくこくと激しく頷く。

「ではもう一度、使用人部屋を見てまいります！」

「総動員でお坊ちゃまを見つけてみせます！」

「ええ、よろしくね」

美しい女主人の微笑みを間近で浴びたメイドたちは、頬を紅潮させてぴゅんっと去って行く。

アシェルは従者を呼ぶと、森に続く道を閉鎖するように命じた。万が一、ケヴィンが深い森のほうに入ってしまったら大変なことになる。

といってもケヴィン行方不明の報は早くも屋敷中を駆け回っているようで、狩猟番と庭師が協力して動いているというから案じることはないだろう。

そもそもケヴィンが姿を消したのは初めてのことではないので、屋敷中の動きも迅速なのだった。

さて、では自分たちはどのあたりを捜すべきだろうかとアシェルは考える。

「こちらです、旦那さま」

だが考えがまとまるより早く、腕を組んだナターニアに促された。

廊下の角を曲がり、玄関ホールのほうに向かう足取りには、一切の迷いが感じられない。

「ナターニア、ケヴィンの行き先が分かるのか？」

「いいえ。なんとなく、です」

のほほんと微笑むナターニア。

以前もナターニアがなんとなくだと言って呆気なくケヴィンを見つけた日のことを、アシェルは思いだしていた。

勘が鋭いのか、母親ゆえの直感なのだろうか。ナターニアが取り乱さず落ち着いているから、アシェルも同じようにしていられる。

子どもの世話を乳母に任せきりにする家は珍しくない。アシェルの知り合いには、子どもの顔すらほとんど見たことがないという貴族もいるくらいだ。

だがナターニアは乳母を頼りきることはせず、なるべく多くの時間をケヴィンと過ごすようにしている。それには、彼女が――正しくは前世の彼女が多くの時間を病床で過ごしたことが、少なからず影響しているのだろう。

今もアシェルは、ときどき思い返す。ナターニアが、透明な幽霊の身体になって目の前に現れた朝のことを。

およそ二十三年前の記憶だ。毒が入っていると知りながら、アシェルはスーザンの運んできたコーヒーを飲み干した。ナターニアを死なせてしまった自分が許せず、自暴自棄《じき》になり、いっそ死んだほうが楽だと思っての行動だった。

そんなアシェルの耳に入ってきたのは、説教ともいえないお小言だった。

ついに気が触れて幻聴まで聞こえるようになったのかと、自分の愚かさに笑いが込み上げてきた。だがうんざりしながら目を向けた先に、光を透かすピンクブロンドの髪を見たとき、アシェルの呼吸は止まった。

――死んだはずのナターニアが、確かにそこにいたから。

夢だったのではないか、と何度も思った。しかし夢というには、ナターニアの声は鮮明だった。抱きしめた身体の感触は記憶に刻まれている通りで、交わした言葉はあまりにも特別だった。

光の粒となって消えていく彼女に、生まれ変わっても必ず見つけてみせると、アシェルは誓った。

それからの日々は途方もなく長く、アシェルにとっては永遠に等しいほどの時間が流れた。視界に入るものすべてに亡き妻の面影を探す男は、周囲には不気味で哀れなものに映っていたようだが、そんなことには一度も頓着《とんちゃく》しなかった。

何かに目を奪われた隙に、すれ違うナターニアを見逃してしまうかもしれないからだ。それこそ、アシェルにとって許せないことだった。

そうして誓い通りの再会を果たせたのは、まさに奇跡としか言いようがない。亡きナターニアによく似た平民の少女は、変わらない微笑みを浮かべてアシェルを『旦那さま』と呼んでくれたのだ。子を宿した妻を無慈悲に奪う世界に、神などいないのだと知っている。だがあの瞬間だけは、アシェルは信じていない神に感謝を捧げずにはいられなかった。

だが、そういった一連の出来事について、未だにナターニアとは一度も話していない。口にしようとすると荒唐無稽であったし、ナターニアは再びアシェルの目の前に現れてくれたのだから、それでいいのだと思っていた。

それでも、今でもたまに、彼女の身体が透き通っているのではないかと恐ろしくなることがある。目を閉じて眠れば、彼女は光になって、手の届かない場所に消えてしまうのではないかと。

心臓が早鐘を打つたびに、アシェルは隣で眠るナターニアの頬を撫で、髪に触れた。

彼女が狸寝入りをしていると気づいてからは、丸い目蓋に唇を落として驚かせたこともある。あのときのナターニアの顔を思いだすと、今でもアシェルは愉快な気分になる。

「ケヴィン、どこー？　聞こえたら、返事してちょうだいねー」

口の横に手を当てて呼びかけながら、ナターニアはきょろきょろと首を動かしている。同じように、アシェルも周囲に視線を走らせる。

二人は玄関ホールから外に出て、一人息子への呼びかけを続けた。

「ケヴィン」

「ケヴィン〜」

「ママー、パパー」

すると間延びした返事が聞こえてきて、アシェルとナターニアは顔を見合わせた。

二人でほぼ同時に、声のした頭上を見上げてみる。

「まぁ、ケヴィン！」

二階の窓から、ケヴィンの顔が覗いていた。

心配する大人たちなど露知らず、にっこりとして手を振っている。

「あれは、俺の部屋か」

どうやって入ったのか、なぜかケヴィンはアシェルの寝室にいるらしい。

「ケヴィン、危ないからすぐに頭を……」

引っ込めろ、とアシェルが言い終わる前に、ケヴィンがぱっと見えなくなる。どうやら部屋の中に戻ったようだ。

危なっかしいところもあるが、こうしてしっかりしたところもある。アシェルは苦笑をこぼした。

「すぐに転んで泣きだすから、いつもはらはらとして目が離せなかったのに……ずいぶん遠い昔のようだ」

「ええ、本当に。子どもの成長は早いですね」

見上げるナターニアは、この数年間を振り返るように目を細めている。

二人の間に穏やかな空気が流れる。が、それはあっさりと打ち破られた。

「ママー、こっちー」

「ええ?」

ナターニアがぽかんとする。もちろん、アシェルもだ。

というのも、つい先ほど二階にいたはずのケヴィンが、次は一階の窓から手を振っている。

いつの間にか、ダイニングルームに移動したらしい。驚く両親の顔を見て、悪戯の成功を悟ったのだろう。くすくすと笑ったケヴィンの頭は、再び引っ込んでしまった。

ぱたぱたぱたと、どこかに走り去る無邪気な足音だけがその場に残る。アシェルはナターニアと目を見交わし、笑い合った。

「ケヴィンはかくれんぼと追いかけっこをしているんだな」

「そうみたいです。これは、がんばって追いかけなくてはなりませんね」

そのあとも、ケヴィンの声はあちこちから聞こえてきた。ナターニアの部屋や庭園、先祖や両親、前世のナターニアが眠る墓碑……。

そこに続く階段を、二人で上る。頂上に向かって小高い丘のようになっているのだが、手すりもないのによくひとりで上れたものだと、アシェルはケヴィンの成長ぶりに感心した。

「ふふっ。ケヴィンは、小さな黒猫のようですわね」

おかしそうに、ナターニアが口元に手を当てて笑う。

視界の端でぴょこんと黒髪を揺らしては、好き勝手に走り去る姿は、確かに猫を思わせる。アシェルとナターニアは、ケヴィンの黒い尻尾を追っているのだ。

「ああ。そう、だな」

息継ぎをしながら答えると、ナターニアが小首を傾げた。

「旦那さま、少し体力が衰えてきたのでは？」

アシェルは、思わずむっとする。

「そんなことはない」

「でも、息が上がっておりますもの」

「舐めないでくれ。君を抱き上げても軽々と上れる」

アシェルは本気でそう口にしたが、ナターニアは困ったように笑う。馬鹿にしている風ではなく、無理をしないでほしいと言いたげに。

その気遣うような笑顔に、アシェルはむかっとした。

「大丈夫ですわ、旦那さま。もうちょっとケヴィンが大きくなったら、あの子がわたくしのことなんてさらっと抱き上げてくれ——きゃあっ!?」

腕の中であられもない悲鳴を上げる可愛い貴婦人の鼻に、ちょんとアシェルは口づけた。

「ひゃっ」

まだ恋を知らない姫君のように、ナターニアが目を丸くする。

林檎のように赤い頬をしたナターニアを横抱きにして、アシェルは平然と階段を上り始めた。

「悪いが、俺以外の男に抱かれるのは許さない」

腕の中で揺れながら、ナターニアが小声で言う。

「……ケヴィンは、わたくしたちの子どもですよ？」

「だとしてもだ」

「もうっ」

ぎゅうっと、首にしがみつかれる。アシェルは勝ち誇った笑みを浮かべた。

自分がこんなに狭量《きょうりょう》だなんて、アシェルは今まで知らなかった。まさか、自分の子ども相手にも大人げなく嫉妬してしまうなんて。

だが自分さえ知らなかった自分を知るたびに、空虚な過去が遠のいて、今が愛おしくなっていく。

ナターニアやケヴィンと過ごす日々は、穏やかな喜びに満ちている。

難なく階段を上り終えたアシェルは、ゆっくりとナターニアを地面に下ろした。

先ほど、ケヴィンが階段の途中から手を振っているのが見えたのだったが、墓碑を見渡してもその姿が見当たらない。

アシェルは眉宇を寄せた。

「おかしいな。ここに上るルートは階段しかないのに」

ケヴィンがアシェルたちから逃げようと階段を降りてくれれば、必ず途中ですれ違うはずだ。

しかもほとんど隠れる場所のない墓地である。小さなケヴィンでも、身を隠すのは難しい。

まさか傾斜を転がり落ちたのでは、といやな想像をしたアシェルだったが、先ほどからナターニアが黙ったままだと気がつく。

振り返ると、風に揺れる長い髪を押さえながら、ナターニアは考え込むような顔をしていた。

「ナターニア？」

アシェルが名前を呼ぶと、はっとして顔を上げる。

「……旦那さま、次にケヴィンがいる場所が分かりました」

出発のときと異なり、ナターニアの口調は確信に満ちていた。


「ママー」

また、ケヴィンの声が聞こえてくる。

反射的にアシェルは声を上げそうになったが、そこはぐっと我慢する。視線の先のナターニアが、唇に人差し指を当てているからだ。

しゃがみ込んだ二人は、呼吸を殺してまっすぐ突き進んでいく。

屈んだアシェルの角度からは、わずかにケヴィンの足だけが見えた。明るい昼の光に照らされて、白くて細い両足がぶらぶらしている。

ケヴィンは返事がないのを訝しむように、「ママー、パパー」と休まず呼び続けている。

その声が、すぐ間近まで迫ったとき——がばりと起き上がったナターニアが、目にもとまらぬ速さでケヴィンを抱きしめていた。

「ケヴィン、見ぃつけた！」

「わ！」

大声を上げるケヴィンだったが、逃げることはせずナターニアの手に抱き上げられる。

「見つかっちゃったー！」

きゃっきゃや、とケヴィンが笑う。あんまりにも楽しそうなので、つられてアシェルたちも笑ってしまった。

最後にケヴィンが隠れていたのは、礼拝堂だった。

なるほど、大人が捜しても見つかりにくいところではある。

だが、なぜナターニアはケヴィンがここにいると分かったのだろう。そもそもケヴィンはどうやって墓碑から移動したのだろうか。

アシェルが訊ねようとすると、ナターニアの腕の中でケヴィンが大声で叫んだ。

「ママ。猫、いた！」

「猫？」

ケヴィンが一生懸命に指し示す先を、ナターニアに続いてアシェルも見やる。

アネモネの花壇が見える窓辺。そこには、誰の姿もない。

「いたの！　ちっちゃくて黒いの！」

大人たちが信じていないのを察してか、ケヴィンはムキになって繰り返している。

「一緒にね！　ママとパパに見えなくなって、お空も飛んだ！」

「……そう。ケヴィンは黒い子猫と、ここまで大冒険してきたのね？」

ナターニアがゆっくりとした口調で問いかければ、ぱぁっと顔を明るくしたケヴィンが「うん！」と元気よく頷く。

「猫か。野良猫が屋敷に入り込んだのかもしれないな」

誰かが餌をやっているという可能性も、十二分にある。

そう考えるアシェルの耳朶《じだ》を、ナターニアの静かな声が打つ。

「旦那さま。そういえばまだ、あのときのことをお話ししていませんでしたね」

アシェルは息を呑む。あのときというのが、二十三年前のことを指していると分かったからだ。

間髪容れず頷いていたのは、ケヴィンを抱き上げて笑うナターニアが、幻などではないと実感していたからだろうか。

――この礼拝堂で、アシェルとナターニアは二回目の結婚式を挙げた。

滅多に風邪も引かない健康な身体を得た彼女だから、アシェルはもっと立派な教会で、盛大な式を挙げてやりたかった。

しかし、ナターニアは首を横に振った。

どうしてもこの礼拝堂がいいのだと言う。ここでなければいやだと言う。そう訴えかける瞳が真剣だったから、最終的にアシェルは頷いていた。

この礼拝堂は、二人が夫婦になった始まりの場所だ。いついかなるときも互いを愛し、心を尽くすと誓った場所だ。

そんなかけがえのない思い出を、二回分、ナターニアはしっかりと両腕に抱えて愛してくれているのだろう。

ナターニアが手近な席に座る。その膝の上に、甘えん坊のケヴィンが乗った。

アシェルから受け継いだ黒い髪を優しく撫でてやりながら、ナターニアが口を開く。

「旦那さま。ケヴィンも、聞いてくれる？　昔わたくしが出会った、可愛くて優しい小さな黒猫のお話なのです……」

小鳥の歌うような声音で、ナターニアが語りだす。

隣に座ったアシェルは彼女の手を握り、その心地よい声に耳を澄ませた。

幽霊になった侯爵夫人の最後の七日間

*本作は「小説家になろう」（https://syosetu.com/）に掲載されていた作品を、大幅に加筆修正したものとなります。
*この作品はフィクションです。実在の人物・団体・事件・地名・名称等とは一切関係ありません。

2023年8月20日　第一刷発行

著者 …… 榛名丼
©HARUNADON/Frontier Works Inc.
イラスト …… コユコム
発行者 …… 辻 政英
発行所 …… 株式会社フロンティアワークス
〒170-0013　東京都豊島区東池袋 3-22-17
東池袋セントラルプレイス 5F
営業　TEL 03-5957-1030　FAX 03-5957-1533
アリアンローズ公式サイト　https://arianrose.jp/
フォーマットデザイン …… ウエダデザイン室
装丁デザイン …… AFTERGLOW
印刷所 …… シナノ書籍印刷株式会社